VICENTE ALEIXANDRE

天堂的影子

Antología

〔西〕维森特·阿莱克桑德雷　　　　　　　　著

范晔　　　　　　　　　　译

人民文学出版社
PEOPLE'S LITERATURE PUBLISHING HOUSE

著作权合同登记号　图字 01-2019-4288

图书在版编目(CIP)数据

天堂的影子/（西）维森特·阿莱克桑德雷著；范晔译.
—北京：人民文学出版社，2020（2023.2 重印）
（巴别塔诗典）
ISBN 978-7-02-012635-4

Ⅰ. ①天… Ⅱ. ①维… ②范… Ⅲ. ①诗集-西班牙
-现代 Ⅳ. ①I551.25

中国版本图书馆 CIP 数据核字(2019)第 169485 号

责任编辑　甘　慧　何炜宏
装帧设计　高静芳

出版发行　人民文学出版社
社　　址　北京市朝内大街 166 号
邮　　编　100705

印　　刷　凸版艺彩(东莞)印刷有限公司
经　　销　全国新华书店等

字　　数　85 千字
开　　本　889 毫米×1194 毫米　1/32
印　　张　7.75
插　　页　5
版　　次　2020 年 1 月北京第 1 版
印　　次　2023 年 2 月第 3 次印刷

书　　号　978-7-02-012635-4
定　　价　78.00 元

如有印装质量问题,请与本社图书销售中心调换。电话:010 - 65233595

目录

_2

毁灭或爱

独处的世界

阿莱克桑德雷其人其诗（代序）

赵振江

维森特·阿莱克桑德雷（Vicente Aleixandre，1898—1984）是西班牙"二七年一代"的重要成员之一，1977年，"由于他伟大的创作植根于西班牙抒情诗传统和现代光辉的诗歌流派"而获得了诺贝尔文学奖。

阿莱克桑德雷于 1898 年 4 月 22 日出生在安达露西亚的首府塞维利亚市的一个中产阶级家庭，但他的童年是在马拉加度过的。他对这座南方海滨城市怀有深厚的感情，将它视为《天堂之城》，那里的海滩、天空、浪花、朝霞给他留下了终生难忘的印象：

> 我海上岁月的城，你总在我眼前浮现。
> 你突然停住，悬挂在巍峨的山巅，
> 恰似垂直落向碧海的波澜，
> 你宛若君主，在苍天与大海之间
> 好像有一只手，关键时将你抓住

在永远坠入可爱的波涛之前。

（《独处的世界》）

阿莱克桑德雷十三岁随家人到了马德里，十五岁入大学攻读法律和商学。毕业后在一所商业学校任教，并做过铁路职员和金融记者。1925年他患了肾结核，这使他不得不放弃原来的工作而闭门休养，从此他决定将自己的一生献给缪斯，这也是他在"二七年一代"的诗人中成名较晚的原因。1927年当他们在塞维利亚集会纪念贡戈拉逝世300周年的时候，他尚未出版过诗集，当然，早已在诗歌杂志上发表过作品。1928年他出版了第一部诗集《轮廓》，1929年出版了散文诗集《大地的激情》，1931年又出版了诗集《如唇之剑》。1932年，他做了肾切除手术，身体更加虚弱，但从未放弃诗歌创作。1933年出版的诗集《毁灭或爱》在第二年获得了国家文学奖，从此奠定了他在西班牙诗坛的地位。这时候他的身体已有所好转，但母亲的去世又使他陷入了忧伤。此后不久，他赴英国和法国旅行，并开始创作诗集《独处的世界》。这部诗集的命运不佳，1935年开始创作，1936年完成，直到1950年才出版。1935年，他结识了智利诗人聂鲁达，并共同主办《绿马诗刊》。内战期间，他虽然

没有像阿尔贝蒂那样成为保卫共和国的战士，却也写
了几首谣曲，后来被收入《西班牙内战谣曲总集》。
如下面这首《马德里前线无名的民兵》：

> 请不要问他的名字。
> 他就在前线，
> 和全城一起
> 沿着河岸。
> 每天清晨挺立，
> 全身披着朝阳，
> 一半的光辉是生命，
> 另一半属于死亡。
> 每天清晨挺立，
> 像钢铁一样坚强，
> 两眼注视前方
> 放射死神的光芒。
> ……　……

1937 至 1938 年阿莱克桑德雷再次病倒，这使他
不得不放慢了诗歌创作的进度。由于健康的原因，在
法西斯势力摧毁了共和国之后，他没有像其他"二七
年一代"的诗人那样流亡国外，因而成了当时西班

牙诗坛的精神领袖之一。1939 年他开始创作《天堂的影子》，历时五年才完成并出版。紧接着便开始了《心的历史》的创作。1949 年他成为皇家学院院士。1953 年他出版了《最终的诞生》，1954 年出版了《心灵史》。此后，陆续出版了散文集《萍水相逢》（1958）、诗集《在辽阔的领域》（1962）、《带名字的肖像》（1965）、《杂咏集》（1967）、《终极的诗》（1968）、《知识对话》（1974）、《我最好的诗》（1978）等作品。1984 年，阿莱克桑德雷在与疾病抗争了六十年之后与世长辞。这位珍惜生命、拥抱自然、热爱人类的诗人，理应得到人们更多的尊敬与怀念。

正如瑞典皇家学院的授奖辞中所说，阿莱克桑德雷的诗歌创作既植根于西班牙的诗歌传统，又吸收了当代诗歌丰富的养分，受了纵横两方面的影响，是继承与创新相结合的产物，这也是他留给西班牙乃至世界诗坛最宝贵的财富。

最初影响他的是"二七年一代"的另一位诗人兼评论家达玛索·阿隆索（1898—1990）。他们同庚，又情趣相投，并一起见到了拉丁美洲现代主义诗歌大师鲁文·达里奥。后来他又结识了同时代的加西亚·洛尔卡、拉菲尔·阿尔贝蒂、豪尔赫·纪廉、佩德罗·萨利纳斯、曼努埃尔·阿尔托拉吉雷、埃米里奥·普拉多斯、赫拉尔多·迭戈、路易斯·塞尔努达等人。他们的诗歌都或多或少地对阿莱克桑德雷的创作产生了积极的影响。他的作品具有鲜明的超现实主义特征，这与法国的超现实主义运动也不无关系，但应当指出的是，阿莱克桑德雷对"自动写作"却颇不以为然。

任何一位诗人都不是凭空产生的，都离不开传统的哺育与熏陶，尽管有时只是潜移默化而已。阿莱克桑德雷对此有着清晰的认识，并认为诺贝尔文学奖是颁给培育他的文学传统的。在由别人代为宣读的获奖演说中，他列举了一系列前辈的名字，其中包括小说家加尔多斯、巴罗哈、诗人马查多、乌纳穆诺、希梅内斯以及更早的贝克尔、哲学家奥尔特加·伊·加塞特、散文家阿索林、戏剧家巴列-因克兰、画家毕加索、米罗、音乐家法雅等；同时，他也追溯到了"前天"的传统，即西班牙的黄金世纪；他认为，没有这样一个优良的环境、这样一个肥沃的土壤、这样一个源泉，他乃至"二七年一代"的诗人们是不会成功的。这是一个成功诗人的肺腑之言。

阿莱克桑德雷的诗歌创作分为两个阶段。第一阶段是从《轮廓》到《最终的诞生》。在这几部诗集中，诗人关注的是宇宙，是人和宇宙的关系，是人和宇宙的和谐，而促成这种"天人合一"的力量则是爱，是人对自然万物的爱。换句话说，人与自然的一致就是爱与被爱的一致。因此，在这些诗集中，写的大多是山岩、星体、河水、树木。总之，从无机物到动植物再到人，从马德里周围的丘陵到马拉加的大海，从微笑的昆虫到可怕的狮子，自然万物在诗人的笔下都人格化了。如下面这首《我要知道》：

快告诉我你存在的秘密；
我要知道石头为什么不是羽毛，
心为什么不是娇嫩的树苗，
在两条血管似的河流之间死去的小姑娘
为什么不像所有的航船那样奔向海洋。

我要知道心是不是岸或雨，
是不是两人互相微笑时撇在一边的东西，
或者是两只手的新的分界
它们紧握着不可分割的炽热的身体。

花朵，峭壁或疑问，渴望、太阳或皮鞭：
世界是一个整体，岸和眼睑，
当黎明努力渗入白天

黄鸟在双唇间安眠。

…… ……

（《毁灭或爱》）

仅在《毁灭或爱》、《天堂的影子》和《独处的世界》这三部诗集中，写月亮的就有9首，写大海的8首，写太阳的3首，再加上写天空、田野、黎明、夜色、雨水、树木的，其内容也就可想而知了。诗集《毁灭或爱》共有54首诗，其中的39首都谈到了某种动物，而且他笔下的动物像岩石和阳光一样纯洁："老虎的眸子闪烁着树林灵活的火光"，"没有防御的羚羊宛似新生灌木柔软的枝条"；"雄鹰的威严与高贵犹如浩瀚的大海"。从老虎到甲虫，都是大自然制作的完美的标本。但在诗人看来，所谓完美并不意味着没有矛盾和冲突，有阳光就会有阴影，有懂得爱的人便会有不懂得爱的人，诗人称后者为昏睡者或死去的人。诗人既赞美自然与城市的美丽壮观，也关注人类对环境的摧残与破坏。当然，或许他当时并没有自觉的环保意识，但正是这种对宇宙出于本能的热爱，却更为难能可贵，更应受到人们的钦佩与赞扬。

如前所述，阿莱克桑德雷认为万物有同一性。从太阳、星球、岩石、树木到狮子、羚羊、苍鹰、蝴蝶，都是宇宙的组成部分。唯一能使他们和谐共处的便是爱。爱能使失衡得以缓解，使无序化作统一，使性的活力得到释放。爱的敌人是对自由的束缚，诗人渴望的正是无限与统一的自由。在他的头脑中，爱、恨、愤怒、毁灭是融为一体并相互转化的——"盘踞的蛇宛似炽烈的爱"，这就是为什么他将自己的成名诗作题名为《毁灭或爱》。但自由、爱情、生命终究会化为死亡，因此他将"死亡"看作是人生的最高行为，是"与上帝的神秘会合"。了解了诗人这样的思想逻辑，也就不难理解其诗作为什么会具有那么浓重的玄学色彩了。

在第一阶段的作品中，《轮廓》指的是天地之间的大范畴，世间万物无不包容其中。这是阿莱克桑德雷的处女作，它既有希梅内斯的严谨，又有萨利纳斯和纪廉的"纯净"。年轻诗人从观察世界入手，其内心活动与贝克尔颇为相似。《大地的激情》作于1928至1929年间，既受了弗洛伊德和超现实主义的影响，又具有新浪漫主义的风格。这是一部散文诗，是一部兼具创造性与破坏性的作品，其语言似乎是在整个宇宙的绝望中孕育出来的。诗集《如唇之剑》同样是这种宇宙观的忠实反映，但它是通过生命、死亡、现实、梦境等具体事物体现出来的。它具有欧洲超现实主义的朦胧色彩，但它的超现实主义却植根于浪漫主义之中，应当说，它的内容与形式是统一的。《毁灭或爱》的题材虽然没有改变，但已突出了两个完全相反的概念，从中可以看出诗人将"爱"视为自己最高的追求，从中不难发现修士路易斯·德·莱昂的痕迹。《天堂的影子》是作者从第一个阶段向第二个阶段过渡的桥梁。这部作品，在很大程度上是一种隐喻。诗中黎明的世界、魔幻的城市和热带的风光无不象征着作者由于内战而丧失了的美好世界。《独处的世界》与《天堂的影子》是一枚硬币的两面，这时的诗人已受到聂鲁达的影响，作品已不那么深奥，也更适于与人交流。由于"二七年一代"的诗人多流亡在外，这时的阿莱克桑德雷与达玛索·阿隆索一起，成了西班牙年轻诗人效法的楷模。在《最后的诞生》中，阿莱克桑德雷把自己的想象力引向了似非而是的极端。在他看来，唯其有了死，生才有意义，诗人渴望着获得对死的超越，憧憬着最后的诞生。

从《心灵史》开始，阿莱克桑德雷的创作进入了第二阶段。他的思想有了明显的变化：从关注宇宙转向了更加关注人类，从关注个人转向了更加关注集体。这并非忏悔，而是诗人的成长、前进与升华。这恰恰说明了人生不是一个静止的湖泊，而是一条流淌的河流。当然，这与当时的社会环境是分不开的。个人主义的淡化，存在主义的流行，对人际关怀的重视，对社会的批评与承诺，都对阿莱克桑德雷产生了不可忽视的影响，使他进一步将诗歌作为道德力量的载体，使他不再过多地追求别出心裁，而有意地扩大了自己读者的范围。值得注意的是，阿莱克桑德雷在此之前并非不关注人，恰恰相反，他同样是把人作为宇宙的核心，只是他关注的是宇宙的整体，他是把人当作物质元素来看待的。正是从这个意义上，我们说他以前更关注宇宙，现在更关注人；以前更关注人和宇宙的关系，现在更关注人与人的关系。这与西班牙战后诗歌的主流是吻合的，因为当时诗坛的主流是现实主义的社会诗歌。在表现人方面，《心灵史》有两个特点：一是通过对日常生活的咏叹，表现了童年、青年、中年、晚年等人生的不同阶段；二是诗人在选取讴歌的对象时，并不在意人物的大小，这也是西班牙文学和艺术的宝贵传统，大画家维拉凯维兹不是既画国王也画魔鬼吗？伊塔大祭司不是为一个保媒拉纤的老太婆写过挽歌吗？阿莱克桑德雷选取的题材同样有芸芸众生中的小人物。如下面这首《老人和太阳》：

　　他已生活了很长时间。

许多个傍晚，当太阳下山

老人在那里，倚着一棵树干，一棵粗大的树干。

那时我正好经过，便停下来，驻足观看。

老态龙钟，皱纹满面，与其说是忧伤不如说是已经熄灭的双眼。

他倚着那棵树干，太阳先靠近他，然后轻轻地咬着他的双脚。

他蜷缩着身体，在那儿待了一段时间。

然后，太阳上升，将他沉浸，将他淹没，再缓缓地远离，

使他与自己温柔的光线融为一体。

啊，年迈的生命，年迈的滞留，在怎样地消融！

一生的炙烤，悲哀的经历，皱纹的残余，被侵蚀皮肤的不幸，

在怎样使自己崩溃，将自己锉平！

在《心灵史》中，诗人将生命视为拼搏，视为持续的艰难的工作，视为为了实现自我而付出的代价。在《颠沛流离》《生命的升华》《要满怀希望》等诗作中，生命犹如在峰峦叠嶂中的攀登；在《在两种黑暗

之间：一道闪电》中，宛似在浩瀚荒漠中的跋涉；在《艰难》中，又像在茫茫大海上的远航；在《另一种痛苦》中，则是平时漫长的工作日。

阿莱克桑德雷第二阶段的创作还有《在一个辽阔的领域》（1962）、《带名字的肖像》（1965）、《终极的诗》（1968）、《知识的对话》（1974）和《伟大的夜晚》（1991）等，主要是写自己昔日的经历。这时，他的目光已从宇宙空间和自然界转向人类自身。《在一个辽阔的领域》是诗人最长的、从某种意义上说也是最重要的诗集，是前两个时期的榫接与综合。诗人憧憬着人与社会、人与自然的和谐，从而拓宽了作品内涵的深度与广度。他已经用平静的心态对待痛苦，表现得更加老练与成熟。如下面这首《杨树》：

> 一棵高大的杨树
>
> 在村镇的中央。
>
> 这棵古老的杨树
>
> 严严实实
>
> 遮住了小小的广场。
>
> 矮小的房屋像凄凉的小动物
>
> 睡在树荫下。相信它们
>
> 有时会抬起头，投去高尚的目光

那绿色的天空在歌唱或梦想。

一切都在酣睡，大树巍然屹立，巡视四方。

十个人也无法合围树干。

他们怀着深深的爱戴将它测量！

……　……

在《带名字的肖像》中，诗人以纯熟而又传神的笔法对一些人物做了生动、形象的描绘；《终极的诗》和《知识的对话》这两部诗集的风格又有所改变，与第一阶段的作品有些相似，语言又变得深奥了，表达又变得隐晦而且不连贯了。《终极的诗》主要写的是对衰老与死亡的思考；《知识的对话》主要写的是人类意识和世间情感的神秘。

写至此，我们已描绘这位西班牙著名诗人的大致轮廓。要对他有更深的了解，就应去读他的诗作了。但最后笔者要指出的是，阿莱克桑德雷的诗作绝大部分都是在病榻上创作的。疾病的折磨使他甚至无法亲自去瑞典领取诺贝尔文学奖。在与疾病抗争的六十年中，支撑着他的是对自然、对人类、对生命的热爱，而始终与他相伴相随的则是诗歌。他为世界诗坛留下了宝贵的遗产，是一位永远值得我们怀念的诗人。

轮　廓

封　闭

原野赤裸。独自
不设防的夜。风
暗暗将闷声的
悸动贴紧它的墙幕。

影子铅一般垂直，
冰冷，在你胸口
缠绕沉重的丝线，乌黑，
封闭。物体

这样被压缩成夜的
原料，显赫，静谧
在天空洁净
而陈旧的平面上。

有星星落空。

光滑的铰链。冰块
随波浮游
在高处。冰冷的缓流。

一个影子经过，
在严肃又喑哑的周边
挥舞，一丝不苟，
它秘密的抽打。

鞭笞。珊瑚
出自血或光或火焰
在薄纱下被预言，
生出纹理，随后让路。

哦肉体或肉体之光，
深沉。风活着
因为要领先狂飙，
交错，停顿，沉寂。

海与曙光

被揭晓的浪波在守望

太阳仍未出现，黎明之前。

从东方尖锐地现身

是白昼的粉红冒险。

纤长的舌头触摸

沉重的水，紧绷的

金属薄板，

在含蓄的擦蹭下依然冷砺。

尚未从夜间完全浮现

平滑的面展示

灼人的明亮证据。

穿透，以肉体，以白昼，

迟缓的触手，收留

羞涩的波浪，被动的泡沫

在它们弧形的前进中。

一切领域走遍，充满

勃发的触角，

明耀的破晓，精巧的破晓，深入

长阔的空间，光的层界，

将贫瘠的阴影腾空，

这一刻轻易的俘虏。

开始升腾

踊跃的泡沫团，

即刻临近。

不要让它浮现。

让海水鼓起浑圆的

疑问，让白昼在下方

澄明，在流动的帷幕下

冲击，强力足以扬举

与大海一起，可取消的深渊。

让光从深处来，

在水的晶体中破碎，

呼喊中的闪耀

溶解——不：消失——

无需笨拙的喧嚣。

让它精确地喷涌

在秩序中主宰

风的幽暗
骨架并将其拆解，
在洁净的空间闪耀
——在它主人掌中——，
缓慢，日常，高贵
这波浪的豪饮者。

海与夜

沥青的海碾平阴影
在自己上面。深蓝的空洞
安静在海浪的穹顶。
宽厚的钢铁螺旋会被
骤然造就，若不是随后的
瞬间将矗立的厂房推翻。
混乱中，大容积的灾变
自高处冲入宽广的根基，
这根基轰响着解体，
吞噬自己和时间，被推搡着
笨拙地攻向空气墙。
在极高的黑暗天空下
哞叫——呼叫——深藏的
嘴，祈求黑夜。
嘴——海——全部，祈求黑夜；
广漠的夜，晦暗而巨大，

恳求它可怖的咽门，并展示
它所有雪白的泡沫之牙。
一座舌头的金字塔
冰冷弯曲的质地
扬起，祈求，
随即沉没于凹陷的咽喉
在下方颤抖，预备再一次
立起，渴求高远的夜，
那旋转在天空
——浑圆，纯粹，幽暗，遥远的夜——
甜美在空间的肃然里。

无用的力量在下争斗。
躯干和肢体。猛烈的
收缩，展示
浮现的肌肉，浑圆的身形，
冰冷的放射。
仿佛海被缚于深处
在深渊，十字架上，望着
高高的天空，想要脱离，
猛烈，嚎呼，被钉于黑色的床。

当黑夜环转

在平和中，优雅，美丽，

在关联的滑逸中，未留下

空间的划痕，能稳固掌握轨道

和弧形，直到陷入甜美

乳浆般的清亮，

在蓬松草垫上

停止，因隐秘的擦蹭而闪亮，

光洁，耀眼

表象的大师。

大地的激情

死亡或候诊室

一个接一个走进来而失血的墙壁并非冰冷的大理石造成。无穷无尽地走进来并互相脱帽致意。短视的魔鬼造访心灵。互不信任地打量。刷帚丢在地上而马蜂并未察觉。干土壤的味道突然降临在舌间，他们就头头是道地谈论一切。那位贵妇，那位女士用她的礼帽发表意见而所有人的胸口都极慢地沉陷。水。溺水。视线的平衡。天空保持它的水准，一道远处的烟拯救所有事物。最年老的人手指悲伤得让走廊满载着故事，慢慢向他漂来。所有人完全走向自己，一道烟的帷幕都化成血。并未去补救，衬衫都在外套下颤抖而衣服的名牌都绣在肉身。"说，你爱我吗？"最年轻的女人微笑中满是预兆。微风，微风从下方来解决了所有的雾气，而她赤身裸体，披着彩虹般的重音，变成纯粹的韵律。"我爱你，是的"——潮解的墙壁几乎化成水汽。"我爱你，是的，颤抖者，即使你如冰激凌融化。"抱住她仿佛抱住音乐。耳边在呼啸。回声，旋律的梦停息，在喉咙里摇摆仿佛极其忧伤的水。"你的眼睛如此清透都能显露其后的大脑。"一滴泪。白色的苍蝇无精打采地嗡响。廉价棉布的散光在角落里积存。所有安坐在自己的天真之上的先生们在打哈欠。爱是一种国家利益。我们担起责任不让亲吻沦为冰霜蛋糕。但如果现在打开那扇门，我们所有人都会亲吻。真恶心：世界竟然不在自己的合页上旋转！我要把自己的痛苦旋转半圈好让金丝雀可以爱我。他们，那些恋人亏欠自己的职责，精疲力竭如飞鸟。椅子上的形状并非出自金属。我亲吻你，但你的睫毛……风的针芒在额头：爱你是我太幽暗的使命。那些镍制的墙壁不赞成黄昏，让它受伤而返。恋人们在飞翔中咀嚼着光线。请让我告诉你。老妇人讲述死亡，死亡，藉着花边的空洞呼吸。其他人的胡须向着惊吓生长：到最后的时刻必将被无痛收割。布做的扇子停息，爱抚着一个个黄昏。平躺着自我预感的温情。边境。

大时刻在薄雾中临近。客厅在橘皮的海上颠簸。我们会毫无心肝地划桨只要脉搏不出现在玩偶身上。海是苦的。你的吻让我胃里翻滚。时刻临近。

门，随时打开，染成阴森的黄色来哀叹自己的笨拙。在哪里进入，哦生活的意义，因为已没有时间。

所有存在者等待耶和华闪耀如白色金属的声音。恋人
们亲吻彼此的名字。麻醉的手绢为失血的身体止血。
七点十分。门无羽毛而飞行，主的天使呼叫玛利亚。
请第一位进来。

沉　默

　　月亮发给我那黄色的光是一部漫长的历史，搅扰我胜过一条赤裸的手臂。为什么碰触我，既然你知道我不能回应？为什么你再次坚持，既然你知道面对你深沉的蓝，近乎流动的蓝，我只能闭上眼睛，无视死去的水，不去听上面鱼群聋聩的音乐，遗忘那方形池塘的形式？为什么张开你新生的嘴，让我感觉在我头上黑夜所爱的只是我的希望，因为期望看见它化为欲望？为什么手臂的黑色想要触摸我的胸口又问起我美丽的隐藏之盒的音调，问起那清亮的苍白，每当一台钢琴沉溺，或当亲吻的消失音调传来？仿佛一架沉没的竖琴。

　　然而你，最美丽者，你不愿了解我身披的这冷蓝色，你亲吻我挣扎中的冰冷收缩。我平静仿佛绷紧的弓，一切为了无视你，哦四方空间之夜，沉默与熔岩的激流之夜。若你能看见我付出多少挣扎只为保持平衡，抵抗你胸脯的压迫，抵抗在这里正敲击我的铁锤，在肋间的第七空间，追问我两重肌肤的关联！我无视一切。我不想知道红色在前或在后，上帝从他额头取出还是诞生自第一个受伤人类的胸口。我不想知道嘴唇是不是一根白色长线。

我徒劳地无视时刻，忽略残酷的争斗，以及我血液中渐渐诞生的曙光。我终将喊出一些闪亮的词语。我终将在牙齿间闪耀你所承诺的死，你大理石的记忆，你被击溃的躯体，而我和我的梦挺立直到明亮的晨曦，直到萌生的确信在我眼中发痒，在眼睑之间，向你们所有人承诺一个发光的世界，只等我醒来。

我亲吻你，噢，过往者，当我看到你在河流中一路摹仿，最终，我额头的蓝色。

马上遁走曲

我们说了谎。我们总是一次又一次说谎。当我们仰面跌落在光的侵扰中，在梦中错搭粗羊毛的火里。当我们睁开眼睛询问早晨天气怎样。当我们搂住腰，亲吻那胸脯，回过头时，我们赞美一个极其悲伤的下午的铅坠。当我们第一次认不出那嘴唇的红。

一切都是谎言。我自己是谎言，我挺立马背在玩笑的纸牌上，我发誓说那羽毛，飘浮在我的北风中的雅致，只是一种光洁牙齿，擦亮牙龈的干涩。说我爱你是谎言。说我恨你是谎言。说我拥有整副纸牌，扇面展开必定按我眼睛的颜色，也是谎言。

如此饥渴于权力！如此饥渴于饶舌和力量去粗暴掴这午后沉默的坠落，它转过最苍白的脸颊，仿佛在装作自我宣告的死亡，仿佛在召唤一个睡前故事！我不要！我不困！我不能再忍受聋聩和光线，次要的悲伤手风琴和木头的失神来了结家庭女教师。我害怕脑袋垂在胸前好像一滴水最终被天空的干燥斩首。我害怕蒸发仿佛云的床垫，仿佛一个侧面的笑把耳垂撕碎。我恐惧的是不能存在，是你拍打我："嘿，你，某某人！"而我咳嗽着，唱着，指着回答你，用食指，用拇指，用小拇指，指着没有触碰我（却向我投掷），环绕模仿我的四方地平线。

我害怕，你听，你听，一个女人，一个影子，一把铲子，将把我收拢在她的黑色中，天鹅绒般消沉如钢刃，对我说："我命名你。我命名你也造就你。我征服你也扔出你。"她抬起眼睛用手臂的旅行和土地的运送，把我留在上面，钉在钻头最嘲讽的尖端，钻心的痛楚咬噬我的眼睛，在肩头击倒我喉中所有的呜咽。那光明的尖端蜂鸣中穿透最天真的蓝色好让无辜的肉体暴露给羊皮核心的嘘声，暴露给固执的吸烟者，他们不知道血的滴淌好像烟一样。

啊，但不会这样！金杯之马！剑花之马！棒花之马！① 我们逃吧！让我们追上碎布的阶梯，那外在的城堡贱卖了最迟缓的爱抚，亲吻双足来抹去路上的痕迹。承负我在你们的背后，瞬间的剑花，纸牌的泡沫，失落的牌张在桌上！带上我！用最猩红的斗篷裹

---

① 西班牙纸牌中的花色分为：金杯（copa）、剑花（espada）、棒花（basto）和金元（oro）。

住我，在你们的跟腱的飞行中，引导我去往另一个王国，去往爱的英雄力量，去往一切保险盒的美丽守护，去往最悲伤的手指间的野生骰子，当玫瑰都溺死在拯救之桥一旁。这时候已无路可走。

　　如果我死了，不要来打扰。不要为我歌唱。用我留下的纸牌包裹我下葬，那美丽的珍藏会懂得如何用绝妙的手将我弹拨。我将会发声好像底层的香气，浓郁芬芳。我将起身直到你们耳边，在那里，变成纯粹的植物，我将拆穿自己，我的故事，我的设计，直到半张的嘴里，在无边吸吮的梦里，它仿佛一副纸面罩，吞下我而并未咳嗽。

如唇之剑

华尔兹

你美丽得仿佛石头，

哦死人姑娘；

哦活着，哦活着，你欢乐仿佛船只。

这乐队动摇

我的忧虑仿佛漫不经心，

仿佛一种风雅的妙语且腔调时髦，

并不知晓下腹的茸毛，

并不知晓微笑发自胸骨，仿佛一根伟大的指

挥棒。

若干麸皮的波浪，

一小撮锯末在眼中，

或者在太阳穴，

或者装饰在发间；

一些鳄鱼尾做成的长裙摆；

一些螃蟹壳做成的舌头或微笑。

一切被反复看过

无法再让谁惊奇。

女士们端坐在一滴泪上等待自己的时刻，

以执着的扇风来掩饰潮湿。

而男士们被他们的臀部抛弃

奋力将所有的视线引向自己的髭须。

但华尔兹已开始。

这是没有浪涌的海滩，

是贝壳，鞋跟，泡沫或假牙的碰撞。

是一切骚乱的降临。

丰饶的胸部在手臂托起的盘中，

甜蜜的点心掉落在哭泣的肩膀，

一种恢复原状的慵懒，

一个不期而遇的吻在变成"天使头发"① 的瞬间，

一声甜美的"好"出自染绿的水晶。

一层糖霜覆在各人额头

———————————

① "天使头发"（cabello de ángel）：西语国家常见的一类甜食，用葫芦科作物的果肉做馅。

为抛光的词语赋予天真的白皙，
手缩得比任何时候都更圆润，
同时揉皱了心爱茅草的礼服。

脑袋是朵朵云彩，音乐是根长皮筋，
铅的尾巴几乎在飞翔，而噼啪声
已变成心脏里的血液潮涌，
变成酒，泛白，尝起来像记忆或约会。

再见，再见，翡翠，紫晶或神秘；
再见，瞬间仿佛巨大的圆球已来到，
这赤裸的确切时刻垂着头，
茸毛正要去撩拨洞悉一切的淫秽嘴唇。
是这瞬间，这时刻说出爆发的词语，
在这时刻礼服将变成飞鸟，
窗户变成呼号，
光线变成"救命!"
而那个吻曾经在（角落里）两张嘴之间
将变成一根刺
将用一句话分发死亡：
我爱你们。

恕我冒昧

树木，女人，和孩子

并无不同：背景。

声音，亲昵，清澈，欢乐，

知道最终我们所有人都在。

是的！我看在眼里的十根手指。

此刻太阳并不可怖仿佛静候的脸颊：

不是一块衣料，或无言语的灯盏。

也不是用膝盖倾听的回答，

或者用眼睛最白的部分触碰边界的困难。

太阳已成真理，光明，恒久。

与山峰对话，

用山交换一颗心：

就可以继续，轻身上路。

鱼的眼睛，如果我们靠近河流，

正好是神为我们预备的幸运形象，

折断我们一身骨头的最灼热的吻。

是的。最终是生命。蛋一般的美

这丰饶的馈赠由山谷为我们呈献，

在这界限上我们倚过头去

倾听最好的音乐，遥远星群的音乐。

我们快快上路，

临近火堆。

你们花瓣的手和我树皮的手。

我们彼此展示这些甜美的即兴之作

正适合燃烧，适合维系明天的信任，

让对话继续的同时忽略衣服。

我没注意衣服。你呢？

我穿着三百件正装或麻布，

裹在我最粗糙的袍子里，

保留曙光的尊严也炫耀多样的赤裸。

你们抚摸我就会相信风暴在临近

我会提问闪电是否有七种颜色。

或许我会考虑空气

和那一阵在无助肌肤上激起涟漪的轻风。

我不会用脚尖发笑，

我只是保留我的尊严，

我经过舞台只为了让自己好像一枚古金币，

好像最冒失的小蚂蚁。

就这样在清晨或午后

当人群来到时我会扮鬼脸致意，

我不会向他们展示脚跟那样太粗俗。

相反，我向他们微笑，跟他们握手，

任凭一个念头，一只虹闪的蝴蝶逃走，

签名抗议的同时把自己变成粪便。

通　常

我独自一人。海浪；海滩，听我说。

对面是海豚群或白刃。

通常的确信，无界限之物。

这温柔的头没有泛黄，

这血肉的石块在抽泣。

沙子，沙子，你的哀号属于我。

在我的影子里你不能如胸膛存在，

不要假装船帆，微风，

北风，愤怒之风

推搡你的微笑直至泡沫，

从鲜血中抢夺它的航船。

爱情，爱情，停下你不净的脚掌。

母亲，母亲

悲伤或地上的洞，
被甜美地挖出，凭词语的力量，
凭思想在海上，
波浪划动小船的轻盈。

轻盈好像待嫁的飞鸟，
像数字充满爱意，
像最后的努力亲吻岸边，
或独自一人的痛苦足印，或迷失的脚。

悲伤好像水中的一口井，
干涸的井深入沙子的呼吸，
井。——母亲，你在听吗？你是甜美的镜子
让海鸥感觉到炙热或翎羽。

母亲，母亲，我呼唤你；

我沉默的镜子，
甜美的微笑开敞好像被切割的玻璃。
母亲，母亲，这伤口，这被触碰的手，
母亲，在胸前敞开的井或歧路。

悲伤不总是变成一朵花，
花也不能成长到追上风，
喷涌。——母亲，你在听吗？我好像电线
把自己爱恋的心暴露在外面。

公　牛

那谎言或血脉。
此处，大猎犬，飞快；鸽子，飞舞；跃起，
公牛，
公牛出自月亮或不分离的蜜。
此处，飞快：逃走吧，逃走吧；我只想，
我只想要斗争的边界。

哦你，极美的公牛，惊现的皮肤，
盲目的柔和好像内涌的海，
平静，爱抚，公牛，百般力量的公牛，
面对因惊恐而停在边缘的树林。

公牛或世界并不，
不会哞叫。沉默；
这一刻的空荡。牛角或炫耀的天空，
黑色的公牛忍受爱抚，丝绸，手。

温情在海的皮肤上，
闪烁火热的海，优美冲撞的臀，
奇异的摒弃，那巨物就这样消散
它近乎宇宙的力量仿佛星辰的奶浆。

庞然的手遮蔽在地上属天的牛。

在井底

（被埋葬者）

在那里井的深处有小花朵，
美丽的雏菊并不摇动，
没有风或人类的气味，
海从不威胁相加，
在那里，那里有平静的沉默
好像一声呢喃窒息在紧握的拳头。

如果一只蜜蜂，一只飞禽，
如果那从未想到的错误
发生，
寒冷会持续；
梦想垂直沉入泥土
空气就从此自由。

或许一个声音，一只已松开的手，

一次向上的冲动渴求月亮，
平静，温和，渴求枕头的毒
塞在窒息的口中。

但入睡永远是那样安详！
在寒冷之上，在冰之上，在脸颊的影子之上，
在一个僵硬的词之上，以及，离去后，
在同一片永远的处女地上。

一块板在底层，哦不可计数的井，
辉煌的平滑能证实
背部是连接处，是干燥的冷，
是永远的梦即使额头已闭合。

云朵已可以经过。无人知晓。
那呼声……钟是否存在？
我记得白色或形式，
我记得嘴唇，是的，甚至说话的样子。

那是火热的时刻。——光芒，献祭我——。
就在那时闪电突然
悬停变成铁。

叹息或爱恋我的时刻，
那时候飞鸟从未失去羽毛。

温柔和延续的时刻；
蹄声飞驰并未踏在胸前，
没留下蹄甲，终归不是蜡。
泪水滚动如亲吻。
在耳中回声已沉重。

所以永恒曾是分钟。
时间只是可怕的手
在长发上滞留。

哦是的，在这深沉的缄默或湿润里，
在七层蓝天下我却未察觉
猝然冰块里凝结的音乐，
在双眼中塌陷的喉咙，
淹没在嘴唇上的内在波动。

睡着好像一块布料
我感觉草在生长，柔软的绿色
徒劳地等待被压弯的时刻。

一只钢铁的手在草地上，

一颗心，一个被遗忘的玩具，

一根弹簧，一把锉刀，一个吻，一片玻璃。

一朵金属花就这样无动于衷

从大地中吮吸沉默或记忆。

情　诗

我爱你，风的梦；
你与我的手指汇合，被北方遗忘
在颠倒世界的甜美清晨
微笑是容易的因雨水是柔软的。

在一条河的怀中旅行是享受；
哦友好的鱼群，告诉我双眼圆睁的秘密，
我流向大海的视线的秘密，
将遥远船只的龙骨托举。

我爱你们，世界的旅行者，睡在水上的人，
奔向美洲为寻找衣服的人，
在海滩抛下痛苦的裸体
在甲板招引月光的降临。

期盼中奔走是欢快的，是美好的，

白银与黄金未曾改变实质，
弹跳在浪花上，在覆鳞的背上
为最金黄的头发送去音乐或幻梦。

从一条河的深处我的欲望出发
离开我指肚上数不清的城镇，
那些幽暗早已被我身着黑衣
远远留在背上的纹路里面。

希望是大地，是脸颊，
是广袤的眼睑在其中我知道我存在。
你可还记得？我为世界出生在一个夜晚
那一夜加与减是所有梦的钥匙。

鱼群，树木，石块，心脏，勋章，
在你们向心的波涌中，是的，都停止，
而我移动，转圈，寻找自己，哦中心，哦中心，
道路，世界的旅行者，旅行在众海之外的
未来，在我跳动的脉搏里。

毁灭或爱

林与海

他方的亘远处

光芒或未经人手的白刃，

猛虎有憎恨的形状，

狮子仿佛一颗耸立的心，

血液仿佛平复的悲伤，

这一切与黄鬣狗争斗，它表现为不知餍足的西方。

噢瞬发的白色，

泛紫的眼圈中凋零的眼睛，

当猛兽展露自己的剑或牙齿

仿佛心的搏动，这颗心除了爱情

几乎一无所知，

在无遮蔽的颈项被动脉敲击

不知是爱是恨

在雪白的尖齿间放光。

去爱抚阴沉的鬃毛

同时感知到强力的爪在地上，

同时树木的根系，颤抖着，

感受深沉的指甲

仿佛如此入侵的爱情。

去观看那些只在夜间闪烁的眼睛，

其中仍有一头被吞吃的香麝，

耀动它暗金色的小形象，

一声告别映出死后的温情。

猛虎，捕猎的狮子，弯牙上绕着轻柔颈环的大象，

眼镜蛇仿佛最火热的爱，

雄鹰爱抚石头仿佛坚挺的胸，

小蝎子用它的尖螯只想压制生命中的某一瞬间，

人身的微渺永不会混同于一座林莽，

在那幸福的居所机敏的小毒蛇筑巢于苔藓的腋窝，

而秀丽的瓢虫

在闪躲一片丝滑的洋玉兰叶子……

万物作响，当永远童贞的丛林

发声如两只黄金翼升腾，

鞘翅目，号角或浑圆的海螺，

面朝大海，它永不会将自己的泡沫混淆为嫩枝。

静谧的等待，

永绿的希望，

飞鸟，乐园，未经碰触的翎羽的豪宴，

发明最高的枝杈，

在那里音乐的犬牙，

在那里强力的尖爪，被钉牢的爱情，

从伤口涌出的燃烧的血，

总不会抵达，无论喷泉如何延长，

无论地上半掩的胸膛

如何朝蓝天投射痛苦或贪念。

幸运的飞鸟，

蓝鸟或羽毛，

越过无声的响动，来自孤独的群兽，

来自爱或贫瘠躯干所受的惩罚，

面向最遥远的海，仿佛隐退的光。

在她里面合一

幸福的身体流淌在我双手间，
被爱的脸我在其间观看世界，
那里美惠的飞鸟自我复制于瞬间，
飞向全无遗忘的地方。

你的外在形式，钻石或刚硬红宝石，
一颗在我手中闪光的太阳，
火山口以内在的音乐召唤我，
用你齿间不可描述的呼声。

我死去因为我投身，因为我想要死，
因为我想活在火中，因为外面的空气
不属于我，而是火热的喘息
一挨近就灼伤并从深处让我嘴唇金黄。

让我，让我看看，浸染着爱情，

被你紫色的生命染红的脸，

让我看看你肺腑间深沉的号叫

我在那里死也在那里拒绝永生。

我想要爱或死亡，我想彻底死去，

我想成为你，你的血，咆哮的岩浆

暗中浇灌那美丽的指尖

就能感觉生命美艳的界限。

在你唇间的这个吻好像一根缓慢的刺，

好像一片海变成明镜飞走，

好像翅膀的光泽，

仍然是一双手，在你簌簌发间的一次重温，

复仇之光的一阵蜂鸣，

光芒或致命的剑横在我咽喉，

但终究不能摧毁这世界的合一。

无　光

剑鱼，它的疲倦首先归咎于无法凿穿阴影，

无法在体内感受海底的寒意，那里有与爱无缘
的黑，
却缺少鲜活的黄水藻
被太阳在最初的水中染金。

呻吟的悲伤来自静止的剑鱼，它眼珠不转动，
它安静的专注伤害自己的瞳孔，
它的眼泪在水中滑落
水却察觉不到它悲伤的黄。

在那海的深处静止的鱼用鳃吹动淤泥，
那水好像一阵风，
那盈微的尘埃
在骚动中编造梦的幻曲，
在单调的止息中覆蔽安静的床

床上承载着最高的山，众峰顶摇摆
仿佛冠冕上的羽毛——是的——出自黑暗的梦。

泡沫在上，长发飘摇，
不顾深陷泥沼的双足，
不顾已然无望从深渊脱离，
无望凭绿色的翅翼升起越过深处的干涸
不惧燃烧的烈日而轻快逃脱。

白色的长发，青春的幸福，
斗争而沸腾，被鱼群占据
——凭着从此刻勃发的生命——，
提高声音向着青春的空气，
在那里闪光的太阳
把爱情染银手臂染金，
经调谐的肌肤，
联结胸膛如平息的堡群合一。

但深处的搏动仿佛一条孤独被弃的鱼。
终归徒劳的是快乐的额头
嵌入蓝色仿佛落山的太阳，
仿佛拜访人类造物的爱情。

终归徒劳的是无尽完满的海

感知其中的鱼群在泡沫间仿佛飞鸟。

热气被安静混浊的底层夺取，

千年柱不可动摇的基座

碾碎溺水夜莺的一片翅膀，

歌唱善变爱情的一只喙，

在一轮新日调谐过的羽毛中快活。

那深沉的幽暗中不存在哀哭，

一只眼睛并未在它干燥的篓中转动，

剑鱼无法凿穿的阴影里，

被平息的淤泥不会效仿一个耗尽的梦。

你来，永远的来

你别靠近。你的额头，你火热的额头，你燃烧的
额头，
亲吻的痕迹，
闪光还在，白天你靠近我能感觉，
闪光还在我手中感染，
流光的河淹没我的双臂，
我几乎不敢啜饮，害怕从此后
生活坚硬如一颗星。

我不愿你活在我里面就像光芒的活，
疏远如星辰，它与自己的光线联合，
被爱拒绝于坚硬
泛蓝的空间，只分隔不联合，
那里每一颗不可抵达的星
是一种孤独，呻吟中，将自己的悲伤散射。

孤独闪亮在无爱的世界。
生活是一种鲜活的壳，
一种粗粝静止的皮肤
人在上面找不到自己的安息，
无论再怎样将梦想付诸熄灭的天体。

但你别靠近。你闪亮的额头，这燃烧的炭火夺去
我的意识，
这光辉的决斗中我突然被死亡诱惑，
想要借你不可磨灭的擦蹭烧掉嘴唇，
想要在你灼人的钻石里感觉肉身消散。

你别靠近，因为你的吻在延续好像星体间不可能
的碰撞，
好像瞬时点燃的空间，
在以太的扩张中毁灭的诸世界
只是孤零一颗彻底烧尽的心。

来，来，你来就像黑暗将息的炭火其中包藏死亡；
你来就像盲目的夜向我贴近它的脸；
你来就像一对唇被红色勾勒，
被融化金属的长线贯穿。

来，你来，我的爱；来，神秘的额头，近乎旋转的
圆满
你闪耀就像将死在我臂间的一重天轨，
你来就像两只眼睛或两个深沉的孤独，
两声强力的呼喊出自我未曾见识的深渊。

来，死亡你来，爱情你来；快来，我将你毁灭；
来，我或杀或爱或死或给你一切；
来，你旋转如轻巧的石头，
被错当成月亮向我乞求光芒！

生　活

一只纸鸟儿在胸口

它说亲吻的时刻还没来到；

活，活着，太阳无形中沙沙响，

亲吻或飞鸟，或晚或早或从不。

一个微小的声音足以致命，

另一颗心沉默时的声音，

或他人的怀抱在陆地

是一艘运载金发的金色船。

疼痛的头，黄金的鬓穴，就要落下的太阳；

在这阴影里我梦见一条河，

绿色血液的灯芯草正诞生，

倚在你身上做梦，热度或生活。

人　声

光的伤疤疼。
牙齿的同一个影子在地上疼。
什么都疼，
河流卷走的悲伤的鞋子也疼。

公鸡的羽毛疼，
颜色太多，
额头不知该摆什么姿势
迎上西风残忍的红。

黄的灵魂或一粒迟钝的榛果疼。
面朝下滚动，我们还在水里，
眼泪全凭着触觉感知。

欺诈的胡蜂疼
有时在左边的小乳头下面

模仿一颗心或一次心跳，
黄得像未炼过的硫磺，
或者我们爱过的死人的手。

胸腔一样的房间疼。
在那里白鸽像血
从皮肤下经过不在嘴唇停留
翅膀紧闭着沉入肺腑。

白天疼，黑夜疼
风呻吟着疼，
怒气或干枯的剑疼，
那在夜里接吻的都疼。

悲伤。天真疼，知识
铁，腰肢，
界限和张开的手臂，地平线
好像卡在太阳穴上的王冠。

疼疼。我爱你。
疼，疼。我爱你。
疼，大地或指甲，
镜子，这些字在其中反射。

死女孩之歌

告诉我，告诉我你处女之心的秘密，
告诉我你地下身体的秘密，
我想知道为何你现在是水，
那清凉的岸边有赤裸的脚激起泡沫。

告诉我为何在你散开的长发，
在你被爱抚的甜蜜草叶上，
落下，滑过，抚摸，溜走
一缕火热或舒缓的阳光，触碰你
好像一阵风只带走一只鸟或手。

告诉我为何你的心好像一片微缩的林莽
在地下等待不可能的飞鸟，
那支完满之歌凌驾双眼
源自无声经过的梦想。

哦你，献给死去或活着的身体的歌，

给一位地下沉睡的美丽存在，

你歌唱石头的颜色，亲吻或嘴唇的颜色，

你歌唱仿佛沉睡或呼吸的珍珠。

那腰肢，那悲伤胸口的脆弱容量，

那不知风为何物的缠绕发卷，

那唯有沉默划桨的眸光海，

那被象牙白庇护的贝齿，

那不惊动未绿之叶的风……

哦你，如云彩经过的粲然天空；

哦幸福之鸟你在肩膀上微笑；

泉源，清凉的汩涌，你与月光纠缠；

柔软的青草，踩在被爱的脚尖!

我是命运

是的，我从未这样爱你。

为什么吻你的嘴唇，既然知道死亡正临近，
知道爱只是忘掉生命，
向着当下的黑暗闭上眼睛
再朝着一个身体闪亮的界限敞开？

我不想在书本中读到某个渐渐如水上升的真理，
我拒绝群山随处献出的那面镜子，
打磨后的石面映出我的额头
被一些飞鸟横穿的意义我并不懂得。

我不想探身向河流其中有携带生之羞耻的彩色
鱼群，
朝着拘束它们欲望的河岸发起冲击，
河流中升起几个无法言传的声音，

那信号我躺在灯芯草丛中没能理解。

我不想，不；我拒绝咽下那尘土，苦痛的泥，被
咬啮的沙，
那活着的确信经肉身领受
当它明白世界和这身体
都转动如符号不被天空之眼理解。

我不想，不，呼喊，扬起舌头，
投掷它就像在高空撞碎的石头，
打碎那广阔天穹的玻璃
没有人在玻璃后倾听生命的响动。

我想活着，活着好像强韧的藤蔓，
好像北风或雪，好像警醒的炭，
好像一个尚未出生的孩子的未来，
好像情人相遇在被月亮忽视的时候。

我是音乐在那许多头发下面
由世界在它神秘飞行中产生，
无辜的飞鸟翅膀上染血
将要死在被压迫的胸前。

我是命运，能召唤所有的爱中人，
唯一的海吸引所有恋爱的辐条
寻找自己的中心，涟漪的圆环
好像完全的玫瑰在喧嚣中旋转。

我是燃起自己鬃毛的马迎向无毛的风，
我是被自己发鬃折磨的狮子，
是害怕漠然的河流的羚羊，
是无敌的虎劫掠整个丛林，
是微小的甲虫也在白天发光。

没有人能无视那存在者，
他在呼啸的箭雨中穿行，
显露透明的胸膛无阻于视线，
再清晰也不会变成玻璃，
因为你们伸过手去，就能感到血。

鹰　群

世界包藏生活的真相，
即使鲜血忧伤地撒谎
就像平静的海在午后
听到上方自由鹰群的振翅声。

金属的羽毛，
强劲的利爪，
渴求的是爱或死，
渴望能用铁的喙在眼中啜饮，
能最终亲吻大地的外表，
像欲望一样飞行，
好像无所反对的云，
好像放光的蓝，外露的心脏
自由在其中向世界开敞。

庄严的鹰群

永不会是小艇，

不会是梦或飞鸟，

不会是将悲伤遗忘的盒子，

那里只能贮藏翡翠或蛋白石。

太阳凝结在眼眸中，

向眼眸自由地谛视，

它是不灭的鸟，征服无数心胸

在其中没入怒气向一具被缚的身体。

狂暴的翅翼

击打脸庞如日蚀，

撕开血管如已死的蓝宝石，

切割凝结的血块，

将风粉碎成千个片段，

大理石或不可渗透的空间里

一只已死的手悬停

它是夜间磷闪的光亮。

鹰群好像深渊，

好像极高的山，

推翻各种威严，尘封的树干，

那绿色的常春藤在大腿间
乔装成植物的舌头，似有生命。

那时刻临近，幸运在于
为人体剥去皮肤，
让天界的凯旋之眼
只看见大地如血旋转。

极铿锵的金属鹰群，
狂怒的竖琴以近乎人的声音，
歌唱因爱恋人心而生的怒气，
爱到用利爪从中榨出死亡。

独处的世界

人不存在

只有月亮怀疑真相。
其实人并不存在。

月亮在原野间试探，穿越河流，
深入森林。
捏塑尚未冰冷的山峰。
遇见高耸众城的热气。
锻造一个影子，杀死一处黑暗角落，
用闪耀的玫瑰淹没
毫无气味的洞穴的奥秘。

月亮经过，了解，歌唱，前进，前进不停。
海不是人能独自躺下的一张床。
海不是清醒之死的裹尸巾。
月亮继续，穿透，深入，刻画深沉的沙砾。
奇妙地运转起被平息的绿色传闻。

一具站立的尸体一瞬间摇摆，

疑惑，又继续，绿色而静止。

月亮欺骗自己的残破手臂，

在它威严的眼神里栖息着鱼群。

她燃起沉没的城市，在那里还能听见

（多甜美）的钟声生动；

后起的浪涌还回响在中立的胸前，

在软滑的胸前被某只章鱼崇拜。

但月亮永远纯粹而干燥。

它来处的一片海永远是盒子，

是石料，它的边缘没有人，没有人能辖制，

却不是在山顶上闪光的石头。

月亮出来追踪一个人

曾经的骨头，曾经的血管，

曾经汩涌的血液，他悦耳的监牢，

他可见的腰线将生命分割，

或者轻盈的头在风中向东。

但人并不存在。

从未存在，从未。

但人并未活着，就像日子未活。

但月亮发明了它狂怒的金属。

树

树从不睡觉。

橡树的硬腿，有时赤裸到想要一颗极幽暗的太阳。

是高扬踏地的前腿停在一瞬间，

让全部的地平线惊恐退后。

一棵树是大地上直立的腿就像勃起的生命。

不想成为洁白或粉红，

它是绿色，永远绿得好像生硬的眼神。

巨大膝盖上的吻从不模仿虚伪的蚁群。

月亮也不乔装成精细的花饰。

因为在某个晚上胆敢擦碰它的泡沫

到清晨就变成石头，坚硬的石头没有苔藓。

脉络上有时被嘴唇亲吻

感觉钢铁的强劲在完成，

感觉那炙热让血液闪动
从智慧肌肉的压迫中逃离。

是的。一朵花有时想要成为强力的手臂。
但你们不会看见一棵树想成为别的东西。
一个人的心有时听起来像在敲打。
但一棵树有智慧，一矗立便主宰。

整个天空或羞红在它的枝条间休憩。
雏鸟的筐子不敢挂上它的指肚。
大地全然安静在你们的眼前；
但我知道它会像大海一样起身去触摸。

总之，庞然者，感受所有的星星都无风起皱，
无需一丝金黄的风也神秘回响，
一棵树活着可以但从未哀告，
也从未提供荫庇给必死的凡人。

地　下

不。不。从未。永不。
我的心不存在。
终归徒劳，你们一个接一个，好像赤裸的树木，
在大地转动时经过。
也是徒劳：光鸣响在叶面好像被爱的风
温柔地模仿一颗心的呼叫。

不。我是在树根处的暗影
扭曲如蛇发出音乐。
粗硕的大蛇好像树干在地下
呼吸而从不质疑头上的草坪。

我知道存在天空。或许一个做梦的神。
我知道你们眼中耀动的蓝
是一小片天载着沉睡的黄金。

在地下活着。潮湿即血液。
有小蠕虫好像未出生的孩子。
有块茎向内生长好像繁花。
他们不知道在自由与极致中的花瓣
是玫红，金黄，洋红或无辜。

有些石头从未变成眼睛。有些叶子是悲伤的
浆液。
有些地里的牙齿在梦与梦之间移动
它们所咀嚼的东西永远不是吻。

在地底下，最深处，有些石头，
赤裸的，纯粹的石头，那里只有人类能生存，
热量有可能留给赤裸的肉体
将在那里被安置为高傲，清纯的花。

在地下有水。幽暗的水，知道吗？
没有天空的水。
沉默中数千年等待那脸庞，
纯净或清澈的脸庞倒映，
或大鸟羽撕下一片敞开的天空。

深处，更深，火焰炼净。
是无人下探的莽荒的火。
被禁止的流亡，对灵魂，对阴影。
内部烧灼的孤独缺少神圣者。

不是你们，生活在世上的人，
你们经过或入睡在白色的链条间，
你们飞翔或许带着日落之处，
或曙光或顶点的名字，
知晓一个人命运的不会是你们。

得胜的太阳

你们不要念出我的名字
模仿树木去摇荡悲伤的长发，
浸溺在八月之夜的月光里
在无人栖息的紫色天空下。

不要呼叫我
好像风呼叫大地而不触碰它，
悲伤的风或黄金摩擦着经过，
怀疑在其中密闭未眠的煤炭。

永远不要对我说你的影子太硬
好像有界限的石块栖息在阴影中，
描画在悬停的天空中，
毗邻没有风的湖，在空洞的月下。

太阳，强力，坚硬又粗暴的太阳令泥沼干涸，

将嘴唇绷紧，好像枯叶吱吱响在同一唇间，

修平打磨后的石头好像肉体的山峦，

好像磨圆的肉体承受爱抚的可怕重负，

强力的手揉捏巨大的团块，

环扣那些可怕肉体的腰胯

被河流夹紧好像倾倒的山峦。

太阳总是将长月之夜清空，

无尽的夜中绿色的锋刃，

绿色的眼睛，

绿色的双手，

只是绿色的长袍，绿色打湿的布，

只是绿色的胸口，

只是绿色的吻在已然发绿的蝇群中。

太阳或粗硬的手，

或红色的手，或怒气，或升腾的狂怒。

太阳让大地变成一堆无死亡的渣滓。

不，你不要叫我的名字好像被紧闭的月亮，

好像月亮在夜间牢笼的铁条间

击打好像飞鸟，或许像天使，

好像绿色的天使曾度过水中生涯。

逃吧，就像会逃走的泥沼，被人看见在它胸前
成形，
在它胸前生长，
又看见它的血好像睡莲涌出，
而他的心沸腾好像隐匿的气泡。

潮湿的根系
有人感觉在它胸口盘踞，在熄灭的夜幕下，
不是生也不是死，而是静寂或淤泥，
是水蛇的沉重形式
生活在肉体中并无洞穿的地衣。

不，不要叫我的名字，
恐怖之夜，在八月或不可能的一月；
不，不要叫我的名字，
但要杀死我，哦太阳，用你公义的刀子。

吉他或月亮

吉他好像月亮。

是月亮还是它的血？

是一颗极小的心已逃脱

在森林上一路洒落它无眠的蓝音乐。

一个声音或它的血，

一种激情或它的恐惧，

一条鱼或干涸的月亮

在夜里摇动尾巴溅涌出许多山谷。

深沉的手或被威胁的怒气。

月亮是红色还是黄色？

不，不是一只眼睛愤怒而充血

当亲眼看见小土地的边界。

手在天空中寻找生命本身，

寻找天空流血的脉搏，
在深处古老的行星间寻找
而行星在思念亮彻夜空的吉他。

痛苦，痛苦来自无人描述的胸口，
当猛兽感觉自己的毛发竖起，
感觉自己浸湿在冰冷的光里
那寒光如幻象之手寻猎它们的毛皮。

天堂的影子

悲剧命运

你把我所爱的这沉静的海
错当成风在树林间瞬涌的泡沫。

但海是不同的。
不是风，不是它的形象。
不是一个路过的吻的发光，
更不是某些闪亮翅膀的呻吟。

你们不要把它的羽毛，它平滑的羽毛，
错当成鸽子的胸口。
你们不要向往雄鹰强劲的钢。
在天上强力的爪子攫住太阳。
群鹰压制初生的夜，
将它碾碎——整条最后的光河涌向海洋——
又将它远远抛出，抛弃，熄灭，
在那里清晨的太阳睡着像个无生机的孩子。

但海，不一样。不是石头，
你们在饥渴的午后都深爱的绿宝石。
不是全然放光的石头伸展嘴唇，
即使热带的火热撼动海滩，
感觉呢喃的心在入侵。

你们常常想到森林。
高耸坚硬的桅杆，
无穷的树木，
在波动下你们窥见白如泡沫的鸟群。
你们看见绿色的风
被激发，将树木撼动，
你们听见颤音发自甜蜜的喉咙：
诸海的夜莺，无月的暗夜，
闪亮在波浪下，有受伤的胸膛
柔声歌唱在珊瑚枝的芬芳里。

啊，是的，我知道你们所爱的。
你们在岸边沉思，
你们的脸颊托在手里还未干，
你们看那些波浪，同时或许在想一个身体：

单独一个甜蜜的身体属于一头安静的动物。
你们伸出手臂将它的热量
传给安详肌肤上温凉的平滑。
哦温柔的老虎睡在你们脚下！

它的白牙齿显露在黄金的咽门，
如今在平安中闪耀。它的黄眼睛，
极小的圆石子在暮色中近似珍珠质，
紧闭着，已经是海一般的全然沉寂。
四散的身体，被一条强劲的波线英明地贯穿，
被奉献的躯体，火热，甜美而孤独。

但你们突然起立。
你们已听见幽暗的振翅，
自呼唤人心的深处发来魔力。
你们死死盯住深渊中初始的呢喃。
你们观看什么形象？怎样的符号，未受玷污，
怎样恰切的言语被泡沫说出，
甜美的唾液来自某些秘密的嘴唇，
纷纷张阖，呼召，压制，席卷？
那讯息说道……

我看见你们挥舞手臂。一阵飓风
吹动你们被悲伤暮色所照亮的衣服。
我看见你们的长发飘升被光穿透，
从高处一块瞬间的石头
我见证你们的身体分开不同的风
翻涌着泡沫落于水的乳房；
我看见两只长手臂从黑色存在中显露
又看见你们的白，听见最后的呼喊，
被深处的夜莺的欢乐颤音转瞬间覆盖。

肉体的命运

不，不是这样。我不去看
地平线另一边的天空。
我没看到一双安静、强大的眼睛，
能平息这里咆哮的怒涛。
我没去看光的瀑布倾泻
从嘴到胸口，直到一双手柔软，
精巧，包含这个世界，将它秘藏。

我到处看见赤裸的身体，忠实于
世界的疲倦。速朽的肉体或许
诞生只为变成光的火花，为爱
自我燃烧，成为无记忆的空，美丽的
光的圆满。
在这里，这里，凋零地永恒，
延续，持久，永远，永远疲倦。

都是徒劳：当遥远的风，以植物的形态，或
舌头，
缓慢悠长地舔舐它的形体，打磨，
擦亮，爱抚，崇拜。
人的身体，疲倦的石头，灰色的体积
在海岸边你们一直意识到
生命不会结束，不，只是自我延续。
身体在清晨重复，无穷，你们奔波打转
好像缓慢的泡沫，幻灭，永远。
永远是人的肉体，没有光！永远重复
从那里被卷走，从没有根源的大洋，发送
波浪，波浪，泡沫，疲倦的身体，海的边际
这海从未终结，永远喘息在它的岸边。

所有人，增殖，重复，连续，你们堆积肉体，
生命，希望全无，一成不变地在阴沉的天幕下漠
然，自我延续。
那海洋无休止喷吐的身体，在这里断然
破碎，在海滩上濒死，
看不见，那飞快的小艇，迅捷的帆船
用钢的龙骨，撕扯，倾斜，
敞开光的血液，湍急的逃亡

朝向深沉的地平线，向着生命

最终的源头，毗邻永恒的洋海

而那海正吞吐人类

灰色的身体。向着光，向着那上升的闪光阶梯

从友善的胸口向着嘴唇攀升，

向着一双大眼睛，全神贯注，

向着暗哑，精巧的手，一双手打造囚牢，

在其中永远疲倦，充满生机，我们仍在诞生。

手

看看你的手，慢慢地移动，
透明的，摸得到的，被光穿透的，
美丽，生动，在夜间近乎人性。
伴着月光的反射，脸颊的疼痛，梦的空虚
你看它这样成长，就在你高举手臂时，
徒劳地寻找一个失落的夜，
光的羽翼在沉寂中穿过
肉体触及那幽暗穹顶。

你的悲伤未曾磷闪，不曾捕获
另一飞翔的火热搏动。
被追捕的飞行之手：伴侣。
甜美着，幽暗着，熄灭着，你们穿过。

你们是情人的呼召，暗影中无声
彼此诉求的符号。

群星寂灭的天空，温和的田野上
你向沉默的飞行将自己献上。

刚刚死去的情人的手，
生机勃发的手在飞行中彼此寻找
当碰撞相拥时就点燃
人世之上一轮瞬时的月亮。

身体和灵魂

然而那更悲伤，悲伤得多。
悲伤就像那枝条任凭果实不为任何人垂落。
更悲伤，悲伤。就像那热气
在果肉死亡后从地面升腾。
就像那只手从仰卧的身体，
举起只是想要抚摸光线，
痛苦的笑，天鹅绒似的暗哑的夜。
夜的光线照在平躺的身体上没有灵魂。
灵魂离开，灵魂离开身体，滑翔得如此
温柔在被抛弃的悲伤形式上。
甜美迷雾的灵魂，悬停
在她昨日的爱人，无遮蔽的身体
苍白中冷却在黑夜时刻里
安静，孤独，甜美地空虚

爱的灵魂守候并自我脱离，
犹疑着，最终在温柔的冰冷中离开。

不朽者

I

雨

腰肢不是玫瑰。

不是飞鸟。不是羽毛。

腰肢是雨，

脆弱，呻吟

把自己交托给你。必朽者，

你用你的手臂环绕

甜蜜的水，爱的

抱怨。抱紧，抱紧它。

所有的雨好像一根

灯芯草。怎样的摇摆，

如果有风，有你必朽的

手臂，就在今天，你将它钟爱！

II
太阳

轻快，几乎无重量，
凉鞋。无肉身的
足印。孤独的女神，
命令全世界做她的
脚掌，身体如太阳
在上。不要说
长发；头发在燃烧。
要说凉鞋，轻快的
足印；不要说，
土地，只说起甜美的
青草在闪烁处的吱呀，
温柔地证明钟爱
就在踩过的时候。噢，感觉
你的光，你沉重的太阳
碰触！这里，感觉着你，
大地即天空。闪耀。

III
词

词语在某一天

曾经是热：一片人类的唇。

曾是仿佛青春晨曦的光；不止：是闪电

在这赤裸的永恒里。某人

曾爱着。不在以前不在之后。言词

萌发。独一和纯粹的词

永远——爱——在美丽空间！

IV
地

大地被感动

散发植物的

欢欣。看哪：已诞生！

绿色的羞涩，今天航行在

仍崭新的空间。

蕴藏了什么？独一，纯粹的

自身，再没有别人栖居。

只有世上喑哑的

恩惠，最初的，
到群星间，轻快，纯真，
在金色的光里。

V
火

所有的火悬置
激情。光是独一！
你们看它多纯粹的升腾
直到舔舐天空，
同时所有的飞鸟
为它展翅。不燃烧！
至于人？从未。人类啊，
火焰依然，
离你而自由。
是光，无辜的光。
人类：永不要诞生！

VI
气

远超过洋海，空气

比海洋还要广大，却安静。

无人的明澈在守望。

或许有一天大地的

躯壳，能感知你，人类。不可战胜的

空气，不知道自己栖居在你怀里。

没有记忆，这不朽的，空气在发光。

VII
海

有谁说过或许大海在叹息，

悲伤着，爱的嘴唇朝向岸边？

就让它被光拥裹着浮现。

荣耀，荣耀在高处，在海上，是黄金！

啊至高的光拥裹，歌唱

欢愉的海永不凋零的世代！

那里，反射中

没有时间，海存在。

一颗不死的神之心，搏动！

诗　人

为你，你知道石头如何歌唱，

它精致的眼眸已懂得一座山压在温柔之眼上的

重量，

森林呼喊的回鸣如何有一天轻柔地睡在我们的

静脉；

为你，诗人，你曾感觉在自己的气息里

天空飞鸟的暴烈冲击，

在你的词语中即刻飞翔起鹰群的强力羽翼

就像火热的鱼背脊闪动于无声：

去倾听我递到你手中的这本书

带着林莽的姿态，

但那里一滴最清凉的露珠蓦然闪耀于一朵玫瑰，

抑或能看见世界的欲望搏动，

悲伤仿佛痛苦的眼睑

将黄昏关锁又隐藏太阳如一滴黯淡的泪，
而无尽的前额在疲倦中
感到一个无光的吻，漫长的吻，
一些喑哑的词语被世界在临终时说出。

是的，诗人：爱与痛是你的国度。
必朽的是你的身体，被灵魂打倒，
燃烧在夜里或升起在强力的正午，
无尽的预言之舌舔舐天空
照耀着给众人带去死亡的言语。

你心灵的青春不是海滩
在那里被大海冲击，以残破的泡沫
那爱的牙齿将大地的边缘咬噬，
向着众生灵温柔地咆哮。

不是那骤然威胁你的警戒之光，
一瞬间照亮你裸露的前额，
为了浸没于你的双眼并点燃你，灼烧
诸空间，用你在爱情中耗尽的生命。

不。那光在世界上

不是最终的灰烬，
从未消沉如唇上的灰尘，
是你，你这诗人的手而不是月亮
被我在一天夜里看见在空中闪光。

结实的胸膛停息时被海穿透
呼吸好像盛大的天空潮涌
张开平放的双臂去触碰，爱抚
地极处的界限。

所以？
是的，诗人，丢掉这本想要在书页间隐藏一缕阳
光的书，
面对面去看那光，把头靠上岩石，
当你飘渺的双脚感受落日最后的吻
你双手高举温柔地触碰月亮，
你长发的余波在群星之间飘摇。

天堂之城

　　致马拉加，我的城

你一直在我眼中，我海洋之日的城。
从巍峨崖间的空悬，几乎不停息
奔向蓝色波涌的突降里，
你俨然在天空下统治，众水之上，
空气之间，仿佛有一只幸运的手
挽留了你，一个荣耀的时刻，免得你在爱恋的
波涛中永沉。

但你仍存留，从未落降，而大海叹息
或呼啸为你，我欢乐之日的城，
净白的母亲城，我曾生活过，我如今仍记得，
天使般的城，比海更高，你统率它的泡沫。

未成形的街道，轻盈，富于乐感。花园里
热带之花耸起它们年青肥厚的阔叶。

光芒的阔叶在头上，轻快如翼，
摇动微风的闪耀又在一瞬间
阻止天空的嘴唇穿越
向那最遥远，魔幻的岛屿，
在那靛蓝色中，无拘无束，航行。

在那里我也曾生活，那里，美惠之城，深沉
之城。
在那里年轻人滑过可爱的石头，
闪亮的墙壁永远在亲吻
那些永远交错的熙攘者，在光中。

在那里我曾被一只母性的手引导。
或许覆满花朵的栏杆被悲伤的吉他
在时间中停滞唱成一首意外的歌；
夜晚寂静，情人更寂静，
头上有永恒的月光瞬时流淌。

一次永恒的吁气能摧毁你，
奇迹之城，当你从一位神的心中浮现。
为了梦而活的人，没有活过，
只是永远放光，仿佛神圣的吁气。

花园，花朵。海喘息着如同一只手臂在渴求
山与渊之间的飞翔之城，
在风中雪白，媲美悬停的飞鸟
从未着陆。哦，不履尘世之城！

由那只母性的手我曾被轻盈
引导在你失重的街巷。白日里赤裸的脚。
黑夜里赤裸的脚。月亮宏大。太阳纯净。
在那里天空曾经是你，你这安息天上的城。
曾飞行在天上的城，以你开放的翼。

心灵史

老人和太阳

他已然活了很久。

老人倚在那里，一截树干上，一截格外粗的树

干，许多个落日黄昏。

我常常在那时从那里经过，停下来观看他。

他老了脸皱了，眼里不是悲哀，是熄灭。

他倚在树干上，太阳先是靠近，轻轻咬他的双脚

像是蜷缩着在那里待上片刻。

然后向上渐渐漫过他，淹没他，

温柔地牵引，融合他在甜蜜的光中。

哦老去的生命，老去的存在，就这样消融！

所有的烧灼，悲伤的故事，皱纹的残留，被不幸

咬噬的皮肤，

就这样慢慢被磨去，消失不见！

就像一块石头在激流中渐渐甜蜜地消解，

臣服于极嘹亮的爱情，

同样，在那沉默中，老人慢慢消失，慢慢把自己

交付。

而我看着强烈的太阳满怀爱意慢慢咬着他并让他
睡去

好一点点拥有他，就这样一点点融化他在自己的
光中，

就像一位母亲极温柔地把自己的孩子在怀里重新
安顿。

我常常经过和观看。但有时我看到的只是一个微
妙的部分。

朦胧中一种存在的组合。

最后留下的是爱恋中的老人，甜蜜的老人，已经
变成了光

极缓慢地被卷入太阳最后的光线，

就像世上那许多看不见的事物。

梦

有些孤独的时刻

心在惊诧中发现，自己，并不爱。

我们刚刚坐起，精疲力竭：天色昏沉。

有人还睡着，睡得无辜，在那张床上。

但也许睡着的是我们……啊，不：我们在动。

而且悲伤，沉默。雨在下，下得执着。

晨间的迟缓，残忍的雾。太孤独！

我们从窗玻璃中看去。衣服，落地；

空气，沉闷；水，响亮。而房间，

冻结在这个艰难的冬天，外面的冬天，是另一回事。

就这样你不出声，你的脸在你的手掌间。

你一只手肘抵在桌上。椅子，沉默着。

只响起某人缓慢的叹息，

在那里的女人，静穆，极其美丽，睡着

并梦见你不爱她，你是她的梦。

献出的手

然而另一天我触摸你的手。温和的手。
你的手精巧安静。有时候我闭上
眼睛轻轻摸你的手,轻轻触摸
证实它的形式,探索
它的结构,感觉在轻快的皮肤下骨头的坚硬
不可收买,悲伤的骨头从未有
爱抵达。哦甜美的肉体,你却被美丽的爱浸润。

经过秘密的皮肤,秘密地开敞,无形地半开
半合,
从那里温和的热传扬它的声音,它甜美的努力;
从那里我的声音进入直达你温煦的血管,
沿着血管流转在你隐藏的血中,
就像另一种血的幽暗奏鸣,在甜美的幽暗中吻你
由内而外,好像纯粹的声音传遍
这身体,此时已回响在我的身体,充满我的深沉

之声，

哦我所爱的回声的身体，哦被占有的身体，只为

我的声音而回响。

所以，当我爱抚你的手，我知道只有骨头拒绝

我的爱——从未白炽的人类骨头——。

你的存在中一片悲伤领地拒绝入境，

而你的整个肉体抵达清明的时刻

一切如焰闪动，因为只需缓慢碰上你的手，

你松懈的手呻吟极温柔，

你精巧安静的手，我从中

缓慢，极其缓慢，秘密进入你的生命，

直到你所有深处的血管，我在那里划桨，

以你为栖居地，在你肉体中唱出完全的歌。

在两种黑暗之间，一道闪电

> 不知我们往哪里去，也不知我们从哪里来。
>
> ——鲁文·达里奥

我们知道往哪里去也知道我们从哪里来。在两种
黑暗之间，一道闪电。
在那里，瞬间的照亮，一个表情，唯一的表情，
更像是一个鬼脸，被垂死的喘息照亮。

但我们不要自欺，我们不必自大。以谦卑，
以悲伤，以顺从，以温柔，
我们款待那到来者。猝然间发现自己并非孤单，
在那荒漠。
在持续一生的巨大悬月下，在两种无穷黑暗间的
自我意识时刻，
让我们看着这张悲伤的脸扬起人类的大眼睛朝向
我们，

它害怕，它爱我们。
让我们把嘴唇贴上那温热的前额用手臂环绕
孱弱的身体，我们颤抖，
颤抖在无边的空旷平原上，那里闪耀的只有垂死
喘息的月亮。

好像在野外的帐篷里
被狂怒的风咬噬，风来自混乱的深处，
这里人类的伴侣，你与我，爱人，感觉悠长的沙
砾在将我们等待。
永不结束，对吗？在一个漫长的夜里，我们无意
中已走过；
或许一起，哦不，或许独自，更可能独自，带着
一张无形的从开始便疲倦的脸，我们走过。
然后，当我们一路头上，这突如其来的悬月，
熄灭，
我们再次上路。我不知道是否独自，我不知道是
否有陪伴。
我不知道在这些同样的沙砾上，我们是否会在夜
里再次踏过。

但现在高悬的月亮，好像被扼杀的月亮，闪耀了

一瞬间。

我看着你。让我认出你。

因为你,我的伙伴,我独一的确信,我即刻的安息,我明白自己在何处感觉和存在。

让我把嘴唇贴上你温热的前额——噢,怎样的感觉——。

那一刻睡在你的胸口,就像你睡在我胸口,

正当即逝的长月亮观望,又用怜悯的光为我们闭上眼睛。

爱之后

你躺在这里，房间的阴影中，

好像爱之后的沉默，

我微微上升从我休憩的底层

直到你的边界，微弱，熄灭，甜美的存在。

用我的手抚过你隐缩生命的精巧界限

我感觉你的身体那音乐般，沉默的真理，在片刻

前，在无序中，好像光的歌唱。

你的休憩允许那身躯为爱失去了恒久形体，

凭借火焰不规则的贪婪挣脱向上，

再次变成贪婪的肉体，在自身的边界重制。

触碰着那些边界，丝滑，无损，温和，精巧地

赤裸，

我们就知道爱人的生命可以继续。

这瞬时的毁灭，是爱情，这燃烧在威胁

我们所爱的纯粹存在，被我们的火焰所伤者，

只有当我们脱离她散形的光焰

才能看见她，认出完美，契合，初生的生命，

沉静而火热的生命从她甜美的外表将我们呼唤。

请看这完美的爱之杯盏，充满

充溢着静穆的血，金色闪耀。

请看这乳房，肚腹，浑圆的腿，完满的足，

双肩以上，初生羽毛般的柔软颈子，

脸颊从未烧灼，从未燃烧，纯真如玫瑰色的痘，

额头有我们爱情的日常想法驻足，在那里清明地守护。

在中间，封印那明晰的脸庞，它被黄色的午后毫无激情地焐热，

是小巧的嘴唇，开裂，纯净在光中。

哦火之房间的可怕钥匙。

用这些恐惧又洞悉的手指蹭过你精致的肌肤，

同时在你熄凉的长发印记我的嘴唇。

爆　炸

我知道这一切有一个名字：存在。

爱情不是爆发，尽管那也是它的真实。

好像持续一生的爆炸。

起始于破裂即自我认识，自我敞开，敞开，

泛红好像突如其来的一束光，在时间中移动，

升高，升高并在生命的流逝中完成，

让一个下午变成所有的存在，或者说，所有的存

在好像一个伟大的下午，

好像一个伟大被爱充满的下午，在那里所有的

光都是突然，突然现身在整个生命中，

直到最终充满，直到在高处实现和完成

在那里发出完全的光，展开和移动

就像沛然的波，好像沛然的光在其中我们彼此

认出。

灵魂所有的细微处我们都已经历。

是的，我们是相爱于一个下午的恋人。

我们经历那灵魂，每一个细节，它每天都给我们

更多的惊奇空间。

就像在一天下午的恋人，躺卧着，

显露着，渐渐经历发光的躯体，彼此融合，

在一个下午所有的光照亮和爆发，成长，

那是一个唯有爱情，无尽的下午，

随后在黑暗中迷失，再没有见到彼此，因为再没

有彼此认出……

但这个伟大的下午持续了一生之久。躺卧着，

我们存在，我的爱，而你的灵魂，

向生命的维度移动，就像一个伟大的身体

在一个无尽的下午被我渐渐认出。

在生命的整个下午我曾爱你。

此时在那里下落的不是夕阳，只是

全部的生命在下落；不是

日落：是生命本身在结束，

而我爱你。我爱你而这个下午结束，

甜美的，存在过的下午，在其中我们渐渐相爱。

生命完整得好像一个持续的下午。

年月好像一小时，我在其中经历你的灵魂，

慢慢地发现，一分钟又一分钟。

因为在那里结束的，也许，是的，是生命。

但此时此地开始的爆发正完成

在顶点，在闪光里，你的一切被呈现，

那是一个下午，一波碎浪，极点和光线

在高处此时全然敞开，而你在此地：我们拥有

彼此！

我们吃影子

你的全部，这陌生之力你永无法解释。

这力量，有时我们凭着点滴的爱去触碰。

在那里我们触到一个结。就像触碰一个身体

一个灵魂，环绕它并宣告："就在这里。"我们缓慢地，

倦怠地，愉悦地回溯那些偶然，而真相只藉着偶然向我们透露。

这里是头，这里是胸，这里是腰身及其逃离，

突如其来的驶入和遁走，两条温柔的长腿好像无尽的流淌，完成。

一瞬间我们将生命的团块握紧。

那时我们已认出我们怀抱中的真相，被爱的身体，被倾听的灵魂，

被贪婪渴望着的灵魂。

那么爱的力量在哪里？一位回应的神的反驳在
哪里，
一位神不否定我们也不仅仅丢给我们一具身体，
一个灵魂让我们闭嘴？
就像一条狗咬着残渣就闭嘴死死咬住，
我们也一样，因刺眼的闪光而嗜血，沉溺，
抓紧被某只手扔出的东西。
但你在哪里，唯一的手
成就柔和的至高天赋，以你无尽的肌肤，
以你独一的真理，唯一的爱抚，在喘息中，让我
们永远沉默？

我们扬起近乎濒死的眼神。残渣，
面包，抽打，狂怒，生，死：
都被你抛洒出去仿佛是给我们的同情，
仿佛是投向我们的影子，在我们的牙齿间闪耀
闪光的回声，闪光的回声的回声的回声，
我们吃下去。
我们吃影子，我们吞噬梦或它的影子，我们
闭嘴。
我们甚至仰慕：我们歌唱。爱是它的名字。

但随后湿润的大眼睛升起，手

不见了。衣裳的摩擦

也听不见。

只有漫长的呻吟，或被压制的沉默。

沉默只会陪伴我们

当阴影在牙齿间消失时，饱含着饥饿我们重新

上路。

最终的目光

（死与辨认）

孤独，我们已在其中睁开眼睛。

孤独中一个清晨我们醒来，坠落，

从某处被推翻，几乎认不出自己。

好像一个身体滚过路基

随后，被突兀的尘土覆盖，起来但几乎认不出

自己。

打量自己抖抖尘土就看见升起尘土的云，那不是

他，又看见自己的肢体出现，

于是触摸自己："我在这里，这里是我的手臂，

这是我的身体，这是我的腿，我的头完好无损"；

还眩晕着向上望去就看见翻滚过的地方，

现在有土堆盖住自己的脚，于是他起来，

不知是否痛苦，不知是否闪耀，抬起视线而天空

放光

一种哀伤的光，就在边上坐下

几乎有哭的欲望。他毫不疼痛，
但一切都疼。往上他望见道路，
而这里是洼地，这里坐着出神
用手捧着头；没人看见，但黯蓝色的天空好像在
远远观望。

这里，在生活的边沿，在仿佛一瞬间滚过整个生
命之后，我看着自己。
这尘土曾是你吗，我一生的爱？我会这样问自己
吗，当我最终认识，认出自己并醒来，
刚从尘土中起身，触碰自己，坐在洼地上，最
终，观看天空怜悯地闪烁？
我不能把你，我存在的爱人，只当作起身时抖落
的尘土，在一生漫长的翻滚停止时结束。不，我
的灰尘，突兀的尘土，曾陪伴我整个生命。
不，悲伤而粘连的材料，被一只身后的手，我自
己的手，最终清除。
不：灵魂，在其中活过我的所有，在其中我的生
命成为可能
从其中我也扬起最终的视线
当这同一双眼睛也是你的眼睛，我的灵魂和你用
它们观看一切，

用你的眼眸，用我在眼睑下感觉到的唯一眼眸

观看，

最终天空如何怜悯地闪烁。

访　客

我也进到这里，这个家。

在这里我看见母亲怎样缝纫。

一个女孩，几乎是女人（有人会说：个儿真高，
长得真漂亮），

她抬起头，幽深的大眼睛并没看我。

另一个孩子，一个不起眼的影子，算不上喊叫，

只是地上的一声小响动，

轻轻碰了下我的腿，没看见我。

在外面，进门的地方，一个男人正怀着希望，敲
打，一块铁。

我进门，没人看见我。

我从一扇门进去，从另一扇门离开。

一阵风，像是在移动那些衣服。

女儿扬起脸和她蒙眬的大眼睛，手指按在额头。

一阵深沉的无声叹息发自母亲的胸膛。

男孩觉得累了就温柔地合上眼睛。

父亲停下锤子又把目光落在黄昏的蓝线条上。

在广场

那是美好的，美好的谦卑而自信，令人振奋而
深沉：
感觉在阳光下，在他人之间，被驱动，
被引导，导向，混合，嘈杂声中被席卷。

不好的是
留在岸边
好像防波堤或软体动物，想要以钙质的方式模仿
岩石。
应当纯粹而平和，将自己托付于欢乐
涌流和消失，
与自己相遇于运动，人类大心灵的延展搏动。

好像生活在那里的某人，我不知道在哪一层，
看见他从楼梯下来
勇敢地进入人群并消失其中。

庞大的人群经过。但仍可辨认被裹入的小心灵。
在那里，谁会认出他？在那里带着希望，决心或
信心，带着踟蹰的勇气，
带着沉默的谦卑，在那里他也
流逝。

那是一个开敞的大广场，散发着存在的气息。
味道好像无遮蔽的大太阳，好像卷拂的风，
大风在一个个头上掠过他的手，
他的大手擦拂聚集的前额重新带去激励。

那是移动的蛇行
好像单个的生命，我不知是否无助，我不知是否
强大，
然而他存在且可感知，然而他包覆大地。

在那里每个人可以观看自己，可以欢乐，可以认
出自己。
在火热的午后，你独自在阁楼，
眼神迷离而嘴唇间噙着质疑，
你有什么要向自己的形象追问，

不要在镜子里寻找你自己，
在你听不见的死寂的对话里。
下来，慢慢下来，去他人中寻找自己。
在那里所有人都在，你在他们中间。
哦，将自己赤裸融进去，认出自己。

慢慢地进入，就像游泳者，小心翼翼，怀着对水
的至爱和警惕，
先把他的双脚伸进泡沫，
感觉水在上升，然后鼓起勇气，快要下定决心。
现在水到了腰间他还不能确信。
但他伸出手臂，终于张开双臂全部投入。
在那里他认出自己的力量，成长并投身，
前进并激起泡沫，跳跃并信任，
分开并击打鲜活的水，歌唱，并年轻。

这样，赤着脚进入。进入火热，进入广场。
进入呼唤你的激流，在那里你成为自己。
哦小小的心灵，搏动的心灵想要
追上那一致跳动的心：也将他吸纳！

上　学

我那时候骑车上学。

穿过一条安静的街道，在高贵神秘的城市中心。

经过时被光环绕，一辆辆马车不声不响。

它们经过时气派十足，肉桂色或栗色的马，踏着
庄严的步履。

在行进中扬起马蹄，怎样地高高在上，不容
置疑，

并不轻视世界，只是静观

从居高临下的鬃毛！

车里面，又怎样？年迈的女士们，约等于花边
织物，

沉默的丝带，耸立的发髻，远古天鹅绒的组合：

纯粹的沉默被闪亮迟缓的躯体拖曳着前行。

我那时骑着车，仿佛长了翅膀，意气飞扬。

有宽敞的人行道在那条落满阳光的街上。

在阳光里，一只不请自来的蝴蝶飞在马车顶又飞
上便道

飞在烟雾般缓行的人头上。

但那些是陪自家孩子出门的母亲。

至于父亲，都在玻璃和幻梦的办公室……

我经过时打量他们。

我在甜蜜的烟雾里跋涉，蝴蝶在那里并不陌生。

在冬天虹闪的午后中苍白，

游荡在迟缓的街道当作幽闭的深谷。

我看见它某次飞起又悬停

俨然在河流的怡人岸边。

噢，没什么可怕。

中心的街道有一处轻微的坡度，而我上行，被推动。

一阵风吹走了年迈女士们的礼帽。

并未因男士们平和的手杖而受伤。

燃烧着好像一朵幻觉的玫瑰，又近似亲吻，吻在
无辜者的脸颊。

成行的树木是静止的水气，微妙地

悬停在蓝色下方。而我几乎飘在空中，

我骑着车匆匆经过并微笑着……

仍清楚地记得那时

如何在学校门口神秘地合拢自己的翅膀。

课　堂

仿佛一个孩子在薄雾的下午念着课文睡着了。

巨大的课桌后是沉默的老师，他并没在听。

在最后时刻涌进一阵轻盈的水气，萦绕不去，

很快变得浓厚，渐渐包裹了一切。

一切柔软，安静，晴明，生气勃勃，

哦，都能真切地认出。

他们在早晨已经玩耍，

已经打破，绘制自己的界限，角度，笑容，诅

咒，或许还有泪水。

此刻一阵微不可闻的风，一股雾气，一种沉默，

几乎像一个吻，将这些联合，

涂抹，爱抚，温柔地重组。

此刻他们是自己所是。此刻能将他们认出。

课上的所有人都已睡去。

声音还在高扬，因为课堂在沉睡中幸存。

一个模糊的声音没有方向，能听见却不知道由谁

发出。

存在的是甜美的雾，有隐约的香气，令人沉醉，
所有人都把头靠在包裹自己的柔云上。
也许一个孩子醒来半睁开眼睛，
张望就看见高处模糊的课桌
桌后肥壮的人影，近乎破布一堆，睡着，倒下，
被消抹的老师在那里做梦。

孩子和成人

致何塞·A.穆纽斯·罗哈斯

I

孩子里包含着他将要成为的人，
他不说话，只用符号，好像一位父亲，向我们展
示，还只能隐约窥见的成人。
但他带领，引导，有时候在自己里隐藏，仿佛在
勇敢地，保护那成年人。
假如把视线投向孩子的眼睛深处，投向他无辜甜
美的脸，
我们会在那里看见，安静，固着，沉默，
日后将迸发而出的成年人，沧桑粗犷的脸，厚重
幽暗的脸
用一种绝望的目光望着我们。

而我们为他做不了什么。他被压制，被捆绑，

可怕。

在栏杆后，透过温柔平静的眼眸所发出的纯粹
之光，

我们看见绝望和暴烈的沉默，粗粝的身体和凶狠
的目光，

有一瞬间我们在惊恐中探头

就发现闷浊而封闭的沉默正将我们凝望。

是的。因此我们看着孩子无忧无虑地笑着在公园
里追逐变色的艳丽圆圈。

我们还看见从他手中飞走无辜的鸟。

他轻轻踩在腼腆的花朵上从未将生动的香气
弄皱。

他发出快乐的呼喊又向我们跑来，朝我们微笑

在他幸福的眼睛里我们只匆匆望见，

哦我们太无知，哦太轻率，那活着的幻觉和对心
灵自信的呼唤。

II

哦，孩子，你比任何人所期待的都更早完成，

孩子你带着身边众人的无尽悲伤，你完成在笑

声里。

你躺下，在你死后的甜美中雪白，

一道光持续俯冲向你金色的头顶。

在孤独的一瞬间我靠近你。

无辜的金黄发卷，外表依然光滑

天鹅绒的脸颊一动不动，

一轮沉思般宁静的守护光晕

在你全部的表情中突然向我显现。

我靠近看着你。更靠近些并倾身。

哦，是的，我知道你在守护什么。

庞然，无尽的孩子，你狂热看守的是已彻底死去

的人。

他藏在那里，在你的大眼睛后面，

在那里另一处沉寂的房间。在那里，沉睡，解

脱，在眼前。

紧锁的眉头松开，破裂的无用口套掉落。

在他隐秘的梦中舒展，可怕的脸在安息中近乎

温柔。

为真正的死者，未能最终诞生的成人，

警醒的孩子默默守护在表象下。

所有人经过，却没人知道紧挨着怀中深藏的死亡

的最终孤独，

一个孩子在嘴边竖起手指请求沉默。

最终的诞生

濒死者

致阿方索·科斯塔夫雷达

I
词语

他说着词语。

我想说出词语，还有词语。

希望。爱情。悲伤。眼睛。

他说着词语，

同时稍显虚弱的手还在麻布上活着。

词语曾欢乐，曾悲伤，曾高傲。

翕动着嘴唇在说，想说出那个记号；

被遗忘的记号，最好用两片嘴唇，

不，两张嘴，融合在孤独中说出。

说出一个微弱的记号就像一声叹息，一口气，

一个泡沫；说出一声呻吟，嘴唇就沉默，

字母在他嘴边染成猩红

极虚弱地闪动，直到最后停息。

这时某个人，我不确定，某个非人者，

把嘴唇贴上他的嘴唇。

一张嘴只剩下借来的热量，

悲伤的字母拼出一个从未说出的吻。

II
沉默

看了又看，最终想说些什么。

有模糊的字母在他唇上出现。

爱。是的，我曾爱。我爱过。我曾爱，曾深深
爱过。

抬起他虚弱的手，他明智的手，一只鸟

突然飞过卧室。我曾深深爱过，有气息还在
说话。

光线透过夜的黑色窗户照亮

一张嘴，它不再从耗尽的意义啜饮。

睁开眼。他把手放在胸口说：

听我说。

没人听见什么。一个幽暗的微笑暗暗将他甜美的

面具

覆在脸上，把脸隐去。

有风吹过。听我说。所有人，所有人竖起精致的
耳朵。

听我说。就听见纯粹，晶莹的，沉默。

我为谁写作

I

我为谁写作？采访者问我，记者或纯粹的好奇者。

我写作不是为了身着平整夹克的先生，不是为了他愤怒的髭须，也不是为了他训诫的食指在音乐的悲伤波动中高扬。

不是为了马车以及里面隐藏的女士（被玻璃间隔，仿佛冰冷的光，长柄眼镜的闪耀）。

我写作或许是为了那些不读我的人。那个在街上飞跑仿佛要赶去为曙光开门的女人。

或者那个睡在小广场长椅上的老人，被落日抱起，环绕，温柔地融化在自己的光线里。

为了所有不读我的人，所有不在乎我的人，其实
他们在乎我（只是自己不知道）。

那个女孩经过时打量我，我的冒险伙伴，同生在
这世上。

那位老妇人坐在自家门口，见过什么是生命也诞
生出许多生命，和疲惫的手。

我为那爱恋中的人写作；为了带着眼中的焦虑经
过的人；为了听见他的人；为了经过时看也不看的人；
为了最终倒下的人，当他提问而无人听见。

我为所有人写作。特别为那些不读我的人而写。
一个接一个，整个人群。为了胸口为了嘴巴为了耳
朵，没有听见我的耳朵，
我的词语存在。

II

但我也为杀人犯写作。为了双眼紧闭着扑向某处

胸口，吃掉死亡而获得营养，起身就疯掉的人。

　　为了挺起来好像狂怒的塔，又倒在世界上的人。

　　也为了死去的女人和死去的孩子，为了垂死的男人。

　　也为了暗中打开毒气使整个城市灭亡，让晨光照耀无数尸体的人。

　　也为了无辜的女孩，她的微笑，她的心，她温柔的勋章，从那里经过了一支劫掠的军队。

　　也为了劫掠的军队，在最后的纵马疾驰中沉入水中。

　　也为了那水，为了无限的海。

　　哦，不是为了无限。为有限的海，和它近乎人性的局限，好像活的胸口。

　　（一个孩子这时候进来，一个孩子下水，而海，海的心，在那搏动里。）

也为了最后的目光，为了微渺的**最终目光**，有人睡在她胸前。

所有人都睡着。杀人犯和无辜受害者，立法者和新生者，死者和湿润者，意志干瘪的人和心硬如塔的人。

为了威胁者和被威胁者，为了良善者和悲伤者，
为了没有实体的声音
也为了世上的所有实体。

为了你，没有被神化的人，你没想看，却正读着这些话。

为了你和所有在你里面活着的，
我在写作。

带名字的肖像

致我的狗

哦，是的，我懂得，好"天狼星"，当你用深邃的大眼睛望着我。

我向下，或者我向上，到你所在的地方

在你的国度里我与你联合，好"天狼星"，我的好狗狗，我因你获拯救。

在你这庄严沉默的国度，从没有人声，

我开口在黄昏又深入你的正午。

你把我引向你的房间，那里的时间永无垂暮。

无休止的当下主导我们的对话，在其中言语只属于你。

我闭嘴沉默看着你，我直起身望着你。哦，深沉的眼睛洞悉一切。

但我没法对你说什么，即使你能理解……哦，我倾听你。

在那里我倾听你沙哑的声音和智慧，从你当下的无限中心。

你柔软的长耳朵，你高傲有力的身体，

你粗鲁的毛爪触碰世界的质料，

你侧影的弧线和那一对深沉静谧的眼睛

从未被万物猝然打扰。

在那里，在你的洞穴，在你一切皆顶点的冥界，

我理解你，尽管无法说给你听。

一切在我的心中都是节庆，我的心在你周边跳

动，而你就是理解我的凝视。

从我的延续和耗尽中，我看见你，在你身边停留

的瞬间，

我想要停下来认出自己。

然而我走过，离开，而你，哦我了不起的朋友，

你在继续。

留驻在你的光芒里，静止在你的安稳里，你能做

的就是理解我。

我离开你的洞穴，下到我的旅人小间，然后，回

过头，在边缘

我看见，并不确定，有什么东西好像一双怜悯的

眼睛。

在辽阔的领域

人性材料

你这黑暗之夜睁开双眼的人站起身来。

你向窗外张望。

城市在夜里。你在看什么？所有人走远。

所有人临近。

所有人在夜里紧紧相依。所有人和每个人在自己的窗里，独一和众多。

如果你动一动这只手，城市会在瞬间记录并在水中震颤。

如果你命名并观看，所有人都会知道你在看，并期待，而城市接受一种材料的纯净波动。

整个普通的城市在波动而城市整个是一种材料：独一的波动，所有人在其中生成，在其中一切生成，在其中一切存在；来到，搏动，自我创生。

在纯粹材料的波动中你沉浸自我，这波动也因你而存在，从极远处将你企及。

在那里彻底的延展中呼吸——啊，人类！——以
近乎无尽的全部深邃维度。

啊，你所拥有的是多浩瀚的身体。
来自存在深处的那材料，
全在一瞬间停止在你里面又跟在你后面，衍生你
和继承你，你也在其中获得延续的意义。
一切是你浩瀚的身体，好像那个身体，好像另
一个身体，好像那女孩的身体，好像那老妇的
身体，
好像那不自知的士兵的身体，在年代的深处，和
你一起搏动。
和你一起的皇帝与士兵，修士与隐士。和你一起
苍白的贵妇刚刚把胭脂涂上她忧伤的
啊，怎样被消磨的脸颊。在那无尽的世纪里。
但在这里和你一起微笑，遨游在纯粹材料的波动
里，在处女中搏动。
好像严肃的统治者冰冷地发令，在最遥远的夜
里，此刻也在一个孩子纯净的口中呼吸。
所有人深信将所有人合并的颤动，
或者更好，将所有人组合并拯救，制作和发送，
在那里

仍向着未来完整地迷失。

哦，一切是现在。

唯一在扩张中的波动始于时间，持续而没有年纪

或者有，是的，就像人类。

血

但如果心跳推动
血液在缓慢的波涌中追寻，
播撒，
从手臂，直到完结于指肚；
从双腿直到触碰土地，
近乎土地，
从未抵达
（一道边界，不过是一层薄板，
分开水与土，注定融合
但远不是现在。
哦延迟的婚礼，但确定无疑。）

我是说如果心跳推动
从手臂直到指尖，欢乐的路，
更新，给予，
以新的青春甚至可以说

以新的希望……
归来时幽暗的路
——人类熄灭的悲伤的血——
影子经它的隧道归来
回到它持续的源起。

它承载了什么？告诉我。

来到手里而这手
此时正从犁上松开拳头，
或者放下手中的笔，
或者擦过湿润的额头，
好让活跃的
铁——砍刀或铲子或锋刃——
停留一瞬间在阴影里。

欢乐的循环承担起重负，
所有幽暗努力的知识，
起动它的归程。
满载人类科学的血液！
向上，缓慢，
好像庞大的压舱石更深入

人的内部。首先从他的手臂，

精于痛苦的手臂，随后在他的肩头：

多庞大的重负！

然后，从它平行的路径盲目寻找

休憩，泉源，

光线的，生命的源头：清凉的

井中洗涤它幽暗的长袍

重新站起，被柔和地激发，

柔和地相信，好像微风，

重新起动，毫无记忆，

它甜美的

好奇心，

它最初的寻索，它的惊喜，它坚定纯净深沉的

日常希望。

是真理偶尔在口中，仍闪亮

并成就了

一个人类的词语。

耳—语

I

那形状或许

在追问。如果这样它会用

毋庸置疑的材料来勾勒出问题。

突起的软骨蓦然迸发

宛如一座高贵的宫殿。

哦，是的，追问世界

而世界回鸣，予以水晶般的肯定，

被它全然接受。

世界不是那团块，

尽管有它的音乐。

不是笑声或怒气的准确形状，

尽管一切都在发声。

皱曲，匆忙，多变，并不犹疑，

耳朵成形于数世纪的耐心，

千万年等待中的宏大意志。

在那里窥探或许它最恰切的感知，

最精确的真相。

不可见的变体

世界向着它

上升，升起

自己，高飏向它的音乐。

窥探自己用这高贵的器官，

只凭材料而成，只有感官，灵魂：

完整坚实的世界。

软骨在迸发近乎动物又近乎

矿物并向外张望。

经灵巧的孔洞

侵入，收缩，皱起和预备，

自我稳固并打开

它清晰且格外静寂的独翼。

在那里守候。在那里享受

世界。在那里世界被自己

听见。是人类

随后用他的符号或词语译出

对**生命**的回答。

II

词语回应，为世界。在清晨

我们听见海，大地在它里面。

是一座幽暗的洞穴，或恒定的闪电。

一个个黑夜用人类的词语照亮自己。

苍穹或声音！

但有时候，很多时候，词语

以人为边界，词语就是人。词语呻吟，

词语倾听。（"告诉我，爱情。"）词语

啐吐，呼求，会合。

号叫着好像孤零零一只燃烧的钟

已融化但仍悬挂，震颤，抗议，

而同一时刻所有人追寻它的声音，

有手臂的合唱，发声的握拳，

所有人，一个声音。

词语是一缕

声音，是一位母亲。

是一个等待中的孩子。

是一位父亲在他的熔炉里。

是一块闪耀的炭。

是一个燃烧中毁灭意志的家园，

新人从此诞生。

人的词语最终成就一个礼拜日。

女孩们从所爱的山丘下降，

从殷切期待的小丘。

男孩们对她们说出词语仿佛曙光，

仿佛浑圆的吻，

那吻好像地平线或被传颂的词语。

词语或双手被缚的真切合唱。

翻滚，哦是的，旋转，

在明澈的白昼。

杂咏集

祖父之死

我踮着脚经过
仍能听见病人痛苦的呼吸。

我在自己的儿童房里坐下，
我躺下。
听着家里进进出出，在房间深处，
仿佛呢喃，漫长的低语来自游荡的海。

我梦见他和我在一条船上。
我们钓鱼多快活！海的润光多么美。
悠长的阳光下微风多么清爽。
他和善的脸和往常一样，
用手给我指点那些闪光，
雾蒙蒙的幸福海岸，浪花的小小冠冕。
只和他一起在船上多幸福……
只和他，在我眼里那样伟大又可靠；只和他在海上。

"我们别那么快就到！" ……我说。他笑了。

他满头白发，一直如此，那双蓝眼睛据说跟我的
一样。

他开始给我讲故事。我开始入睡。

噢，在海的摇篮里。被他的声音摇动。

我睡着了就梦见他的声音。哦，梦中的梦……

我梦见自己在做梦。在一个梦的深处。有另一个
梦，另一个，

我在最深处梦见他，有他在身边，两个人一起向
梦里逃去。

突然，那船……仿佛撞上了什么。

哦，我睁开了眼睛！（没有人，只有我的房间。）
全部的沉默已到港。

安置时辰的笔记本

为米盖尔·埃尔南德斯之死

I

我不知道。那时没有音乐。

你蓝色的大眼睛

圆睁在无知的空洞下，

幽暗墓石的天空，

全部的人群缓慢下行，穹顶般遮蔽你，

你的身体孤零，无际，

今天在这地球上唯一的身体，

被地球紧抱着从众多太阳之间脱逃。

你飘移在诸空间的坟茔之星

只带上他，他耗尽的身体。

你火热的地球是他孤独的骨头

就这样飞行，藐视一切人类。

离开！脱逃！空无一人；

只有今天他意识的无边重力
地球，向你旋转爱恋的星群。
只有在夜间依然坚守的月球
将生命之山观望。
疯狂中，热恋着，你把他抱在胸前，
地球，哦慈怜，你献出他无遮无掩。
哦诸天的孤独。光芒
只将他待下葬的身体照亮在今天。

II

不，不要让任何人的视线
用玻璃盖住天国的大理石。
不要触摸他。你们触摸不到。他知道，
只有他知道。你这人类，只有你，完全的
痛苦之父。只为爱的肉体。只为爱的
生命。是的。让河流
加速它们的航程：让水
变为血：让河岸
堆积它的绿色：让奔向
大海的冲动奔向你，庄严的身体，
光芒的高贵身体由你交付，发出爱的

爆裂声，好像土地，好像石头，或融合的
呼叫，好像猝发的光芒被你
命中在生命完全而唯一的胸口。

没有人，没有人。一个人也没有。那些手
一天天扼紧他星光的喉咙。扑灭
涤洗人群的光流。
那爆裂，慷慨的荣耀有一天
会向人类揭示他们的命运；他说话
像花朵，像海洋，像羽毛，仿佛星体。
是的，隐藏吧，藏起你们的头。现在把头深埋
地下，为黑色的思想挖出个墓穴来，
去咬噬地下的手，指甲，指头
这些都曾被你们用来窒息他芬芳的存在。

III

从没有人呻吟得足够。
你为爱而生的美丽的心
死去，已经死了，死了，终结，被仇恨残忍地
刺穿。
啊！谁说人类会爱？

谁让我们期待有一天爱会降临？

谁说灵魂期待爱情并在她的影子里绽放？

谁美妙的歌声只为人类的听觉存在？

轻盈的地球，飞行！

你独自飞逃。

逃离人类，堕落，迷失的人类，

仇恨的盲目残余，残酷身体的

激流被你，美丽者，在今天的轻蔑中抛掷。

美妙，圆满的逃亡

经过天界的空间，只带着你的珍藏。

他的重力，为你星辰生命的

怀抱赋予意义，他美丽的肢体永远明澈

不朽在你托持中，向着不为人而闪耀的光。

终结的诗

岁　月

岁月是重负还是历史？

最困难的是离开

缓慢的，还存留爱情，微笑。他们说："年轻；

啊，你看起来真年轻……"看起来，而已？语言

准确。

那些惊人的形象经过。因为眼睛——还活着的那

只——在看着

并复制了头发的金，肉体的粉，象牙闪现的白。

笑容对所有人

清楚可见，也对他；他活着也听见。

但岁月抛出

某个东西好像模糊的圆光，

而他走在所憎恨的灯塔。看不见

或几乎不存在，因为他走过无人认得，依然被

遮掩。

不可能打破的玻璃或空气

完整环绕，那恒久的锥体中有某物栖存：
仍有某人移动并走过，已然看不见。
而同时的其他人，自由，穿行，失明。

因为失明等于把生命用鲜明的光线发射。
但独自经过的人，被年纪
保护的人，穿行时无人发现。空气，静止。
他听见也感觉，因为奇特的墙
偷走他的光，而空气只为
来临的光，跨过平分点。
灵魂已经过，徒步，仍有活着的人穿行。

玻璃后的脸

（老人的目光）

或晚或早或从不。

但在玻璃后面紧贴着脸。

在一些真花旁边同一朵花

呈现为颜色，脸颊，玫瑰。

在玻璃后面玫瑰永远是玫瑰。

但闻不见。

远去的青春还是青春。

但在这里听不见。

只有光从纯真的玻璃穿过。

老人和年轻人

几个人，年轻人，走过。从这里走过，陆陆续续，
漠然于为他们涂油的荣耀午后。
就像那些老人
更缓慢地前行，所挽的轭
是落日最后的一抹光。
老人的确意识到微妙午后的温存。
消瘦的太阳触摸下他们领受
那恬美：是赐福——所剩无多！——
又缓缓走过明朗的道路。

是季节之初最新的绿。
一条年轻的河，抑或近处泉源的童年，
那初现的绿：温柔的橡树，
树林朝着山口微微上升。
太轻微。但老人们已不再追随这节奏。
在那里领先的年轻人经过

没看见，继续走，没看他们一眼。

老人看着年轻人。他们是沉稳的，

这些人，在生命末端的人，

在结束的边缘，悬停，

不下落，如此到永远。

而年轻的影子经过，他们正相反，损耗着，动

摇着，

被一阵风就能消解的饥渴驱赶。

偏斜时刻

有些年里我曾经不同，

或并无不同。我编造头衔，卑劣的谱系

或无比的胜利。始终归于悲伤。

我爱过不喜欢的人。我不再爱已拥有的人。

墙可以是大海，或轻巧的桥。

我不知道是否曾了解自己，或者曾学会把自己

忘记。

我是否尊重过鱼群，时刻中的亮银，

或尝试驯服光芒。这里是死的词语。

我曾满怀激动站起来，满怀阴影地沉默，是

午后。

我曾贪婪地燃烧。我曾歌唱灰烬。

如果我往水里按进一张脸，我不会认出自己。那

喀索斯是悲伤的。

我曾谈论环境。我曾诅咒诸天体

又效劳于它们徒然音乐的质料

以夸张的姿态，并不知道是否真实。

在人群中我曾想喝下他们的影子

就像有人在虚妄的沙漠里喝水。

棕榈树……对，我在唱歌……但无人倾听。

沙丘，沙粒悸动却没有梦。

虚幻中我有时听到影子跑过

一具被信任的身体。或孤独的唾弃。"烧掉吧。"

但我没有烧。睡着，睡着……啊！"结束吧。"

他年的青春幻象

一诞生就挥霍
词语，谈论死亡，惊奇。
好像在两个声音之间，有一个吻或呢喃。
认识了就笑了，黎明在笑。

笑，因为大地是搏动的胸膛。
彻底的大笑不是韵律，而是生活，
是某物发出的
光，胸膛：行星。

是欢乐的身体。
重要的不是承载了什么，
而是无尽的搏动在空间里。
好像一个孩子飘浮，好像一个孩子好运。
于是年轻人望了一眼就看见世界，自由自在。

也许在两个吻之间，

也许在一个吻怀里：

就像在两片嘴唇之间感觉。

曾是鲜活的笑容，属于他或世界。

但世界继续，

不仅在两片嘴唇之间：吻会结束。

但世界在翻滚，

自由自在，没错，就像一个吻，

即使在它死后。

彗　星

长发有点悲伤。
或许比群星
深思后，更短暂。逃走。
逃走就像彗星。
就像我孩童时的哈雷彗星，
孩子观看并相信。
他看见长长的头发
望着，就望见彗星的衣摆
一颗被孩子升上天空的彗星。

但成年人会怀疑。
他能看见天空
布满光源。
他不再相信，只微笑。
只有到后来才重新
相信并看见阴影。

从他的白发里看见黑色，

而相信。所有的盲目是盲目，

而他相信。相信所有他触碰过的黑丧衣。

就这样孩子和成年人

经过。成年人怀疑。

老人明白。只有孩子知道。

所有人都看着闪亮的尾巴划过。

假若有人对我说过

假若有一次你

对我说了你从未说过的话。

在这个近乎完美的夜，在天穹下，

在这个清凉的夏夜。

当月亮燃烧；

凯旋的驷马车烧灭自己；星体沉没。

在夜幕上，缀满中空的苍白，

留下的只有痛苦，

因为有记忆，和孤独，和遗忘。

连被反射的叶子也落下。落下，继续。活着。

假若有人对我说过。

我不年轻，我存活。这只手在动。

在这阴影中匍匐，解说它的毒害，

它神秘的游疑，面对你生动的身体。

从很久以前寒冷

就已有了年纪。月亮落在水里。

海自我封闭，绿色中闪耀。

从很久，很久以前，

就在沉睡。波浪渐渐穿透。

泡沫发出同样的声音：沉默。

好像一个悲伤的拳头

攫住死人向他们解释，

将他们摇摆，又摔向凶暴的石头。

又将他们抛洒。因为死了的人，当被击打，

被投向狡诈的花岗岩时，

会四处抛洒。他们是原料。

并不难闻。他们还会死得更彻底，

四处飘洒，悄无声息。

他们是完成的死人。

也许还未开始。

有些曾爱过。另一些话很多。

自我解释。徒劳。没人听活人说话。

但死人沉默得更有道理。

假若你对我说过。

我曾认识你而我已经死去。

只差一个拳头，
可怜的拳头击打我，
高举我，瞄准我，
让我的声音散播。

不知道

青春不知道，所以能持久，继续。
你们要去哪里？风在吹，推动
几乎旋转的飞奔者，离开，与风一起离开，
在海里轻盈：脚踏上泡沫。

生命。生命就是年轻而已。你听，
听……但沉默的声响
不会泄露自己
除非在年轻人的嘴唇上。
在亲吻里听见。只有他们，
在纤微的听觉中
能接收，或倾听。
亲吻后的红浆被传扬。

雨

今天下午有雨，唯一的淋漓

是你的样子。在我的回忆里日子开放。你走

进来。

我听不见。记忆只给了我你的样子。

只有你的吻或雨水落入记忆。

你的声音如雨，悲伤的吻如雨，

深深的吻，

雨中打湿的吻。嘴唇是湿润的。

因记忆而湿润的吻在哭泣

从某些敏感的

灰色天空。

你的爱如雨打湿我的记忆，

落下，落下。吻

向深处落去。依然下落的灰色

雨。

挨近死亡

不是悲伤被生活抛弃

或凑近，当脚步声纷纷响起，长久不息。

山在那里，这里是玻璃城市，

或一个反射来自最悠长的太阳

它编织回答

在远处

为那些嘴唇，活着的，在生活中，

或回忆中。

记忆的恢弘是空气

之后，或之前。已成的事情是叹息。

那黄色丝般的幕

被一阵风推动，被另一团光熄灭。

极　限

够了。不是我坚持要看那长久的闪烁
在你眼中。那里，直到世界尽头。
我看，我得到。我观望，经过。
人的尊严在于他的死。
但暂时的闪烁产生
颜色，真相。想出来的光不可信。
够了。在光的宝藏——你的眼中——我
押上我的信心。我因你的眼睛看见，活着。
今天我踏上自己的尽头，我亲吻这边缘。
你，我的界限，我的梦。你成为你！

遗　忘

你的结局并不像无用的杯子
只能净化。丢掉空壳，然后死。

因此你慢慢地在手中举起
一道亮光或对它的提及，你的手指燃烧，
好像意外的雪。
此时在而过去不在，过去在而此时沉默。
冰冷在燃烧而你的眼中诞生
它的记忆。回忆是淫秽的；
更糟：是悲伤的。遗忘是死。

死得有尊严。他的影子交错。

那老人就像摩西

就像摩西在山的高处。

每个人都可以是那人
挪动词语和抬起双臂
感觉光芒如何洗去，从自己的脸庞，
一路上的旧尘土。

因为在那里日落。
往后看：黎明。
向前：更多的阴影。光开始闪烁！
而他摇动双臂宣告生命，
从自己孑然的死亡。

因为就像摩西，死去。
没有无用的石板和雕刀，光芒在巅峰，
只有地上破碎的文本，头发

燃烧，双耳被可怕的言语烧焦，
眼中还有渴望，肺里有火焰，
嘴里含着光。

死去只需一次日落。
一份影子在地平线的分界。
熙熙攘攘的青春，希望，声音。
在那里有后裔，有土地：界限。
这一切别人将会看见。

知识的对话

战争之声

士　兵

我来到这里。我在这里停下。得知
白天化身为夜是悲伤的。我见过
那光在一双美丽的眼睛里永恒。
已经太远！在这里的丛林我接受
唯一的光，并活着。我不知道
自己从哪里来到这里。是固执的
鸟儿活下来，鸟儿

飞过去。这里在我脚下爬藤
喧闹，感觉到土地是所有，一切
都一样。天空也一样。
鸟儿是能飞的土。
白鹭和燕隼没有不同。幽灵
鸟，幽灵的号叫！水漫过又洇散。
在这里我矿物的身体今天可以

活着。我是石头因我存在。

巫　师

只剩下我。村子被夷平。

啊，可悲的

征服者经过。弹片，甚至，毒药

我在可怕的眼神里看见。他们很年轻。

多少次我梦见一声叹息

好像一次甜美的死亡。我在药汤里

加上虚无的莨菪，就能安享

睡眠，可畏的终极技艺。

但今天无效。眼神不动

我守夜不眠，干涸的

一只眼盯住雨水，雨水赤红。

苍白又干涸，

眼中满是血迹，失明。

士　兵

我没睡着。我不知道是死了还是做梦。

在这伤口里有生命，也只有

伤口是生命。

我的嘴唇曾经有意义。

一具起立的身体，一只伸长的手臂，

就像一双手能抓住：事物，

对象，存在，希望，烟尘。

我梦见过，手画出梦，

欲望。我试过。谁尝试谁活着。谁知道谁已死。

现在只有我的思想活着。

所以我死了。因为我已经不看，

但我知道。我年轻过。没有了年纪，我结束。

巫　师

我看见，我观望。血不是一条河，

而是它痛苦的思想。

血活着，被囚时就挣扎着

涌出。但如果涌出，就会死。

就像一座城堡中的美丽

女囚，一位温柔的骑士

打开大门，她走出来：就死于阳光。

血也是这样，命运在里面游荡，

如果发光就会死。啊，这奥秘

不可思议。只在一双鲜艳的嘴唇上，
好像在百叶窗后，能猜出
血的轮廓。而爱人
可以亲吻和想象，未曾看见！

飞　鸟

谁在这里的夜间说话？是人类的
毒药。我已经老了听不清楚，
但不会混淆云雀的歌
与发自可怜胸膛的沙哑的劳碌。
我观看而四周几乎没有风
托举我的翅膀。没有树枝供我栖息。
发生了怎样的毁灭？一切陌生。
自然已逃走。这都是什么？我飞在
杀戮的风里。
致命的尘埃里奔波，我死去。

士　兵

可怕的干渴。在干涸的地上，一无所有。
我躺着只看见星星。

我胸前的洞在呼吸

好像粗暴的错误。我想着，我没说。

我感觉。偶尔感觉就是活着。

也许今天我能感觉是因为我正死去。

最后的话将是：我感觉过。

巫　师

我摸索着行走。我走在乱石堆里

还是抛撒的肢体间？那冰冷的是脚跟还是残破的

前额？

孤零零的断片多么聒噪：

死亡之外有什么在活着，

是残骸，有自己的生命。我走着，挪开

我不理解的另一个孤单生命。

士　兵

万一有人来到……我不能说。不

能喊。我年轻过曾观望，曾燃烧，

曾触摸，曾发出声响。人会发出声响。但我沉

默，我死去。

这里群星已熄灭，

因我的眼睛和翅膀已辨认不出。

只有胸膛里的风在出声。临死的鼾声

在我里面用伤口喘息，

好像一张嘴。无用的嘴。

崭新，只为

死亡而生。

巫 师

战争发生因为它一直存在。为它命名的人

犯了错。毫无价值，只是些词语

拖拽着你，蒙尘的阴影，

爆发的烟雾，你作为人

好像一个死去的观念跟在虚无后面。

在哪里你入梦的莨菪，催眠的

浆汁，当一切已死而我只看见

光在思考？不，没有生命，

只有我在其中消亡的这思想：

光的思想与人无关。

云　雀

一切静寂一切荒凉。

曙光诞生，却沉寂。

我好像一块石头投向大海。

附　录

未知的诗人

他进门，穿着军装。前一天给我打过电话。"有个军人找你。"我拿过话筒。"我是个军人，您知道吗，我写了两首诗。"听不太清。"您说什么?""您知道吗，两首诗，费了我很大力气。""什么? 您说什么?""我想请您告诉我：您白天黑夜写吗?"实在听不明白。在多次尝试之后，鉴于交流的困难，他决定第二天来见我。"但我不知道我能不能去，因为我只有军装可穿。"最后，他终于同意有什么就穿什么。

现在他就在我面前。

确实是军人：军装上满是褶，一双小眼目不转睛，瘦弱的身体裹在肥大的制服里。"我，您知道吗，我老家在乌埃斯卡的一个村子。"他用农民的那种从不惊讶的迟缓态度打量我，眼神里半是信任，半是严肃。我马上意识到他在等我解释。他是那个提问的人，而我必须回答。"写作，很费力。很难，太难了。我写了两首诗而且"——他重复了一遍——"费了我很大的力气。"他没带诗来。好像不值得。写诗是值得的：是的，值得且费力。但没必要给人看；我感觉他从来没想过那样做。他说话中带着某种尊严，不只是普通，更有乡土气。脸上带着硬壳似的，是泥土，或面包皮。等待晾干的湿土。那张脸被烤得很透。好像土坯块；或许更像掉下来的瓦片，因为窄，长，酥脆，被太阳狠狠尝过。

他伸出手。"带过来，不用。因为呢，您知道吗？……"他提出了奇特的问题："您白天黑夜写吗？"有点把我搞糊涂了。我请他再说一遍："什么白天黑夜？"带着一点点不耐烦，带着更多一点的宽容，他解释："就是您是不是能一直写诗。"我回答得很诚实，几乎可以说谦卑："白天黑夜，写不了。""什么，您不是白天黑夜写诗？不是一直不停地写？"有一种巨大的焦虑出现在他眼中，在那后面，是一种威胁。"并不是那样"，我回答。"可是，那么，您……"他投来的那是什么样的眼神！一种轻蔑的眼神，更准确的说，是失望，仿佛我欺骗了他而他现在才明白。"您……"他用那眼神在说："这么说，您，也是普通人。您写起来跟普通人一样！跟我一样！这就是他们说的诗人！"

访问中止。他突然间明白我是跟他一样的人，写作，对我，也是人的努力，就像对他一样。他的眼神已经不是一半信任，一半严肃，而全部变为严肃。因为我骗了他。他起身。走出几步。走的时候几乎没有看我。他离开带着自己毫发无伤的信念，相信诗人仿佛一位神，从人类劳作中被救赎并拥有魔力配方也能"拯救"他的选民。

因为他，阿拉贡省小村庄里的士兵，用笨拙和心血打造出两首诗，他来是为了瞻仰强者：能在无休止的盛宴中不停喷涌诗篇，也能施行拯救让他升上无尽创造的天堂，只需说一句"成了"就实现这飞升。

我关上门，听见他走远。他是未知的诗人，他的信心能移山，再把群山聚拢。众河之水逆流而上，歌唱着泉源的清凉。大海止动，巨浪悬停，有人走过深水纯粹的阴影而双脚未湿。

我探身望去，看见他还没转过屋子。一名小士兵。他的身体在起皱的肥大军装下奋力移动。

维森特·阿莱克桑德雷 [1]

路易斯·塞尔努达

原本我可以用这样一句话开篇：1928 年——《轮廓》问世的那一年——初秋，在马德里，我初遇维森特·阿莱克桑德雷。不过生命中事情的发生并不常像过后提起来那么轻易，我还是应该把这个故事讲得缓慢一点、晦暗一点，像它真实发生时那样。

"同龄少年，同种样式／结对一同歌唱" [2]，我们的友情从中而来，仿佛命中注定。不过，无论是那次初遇还是后来第二、甚至第三次相遇都没能足以建立这种友情。如今想来，这恐怕要归咎于在我身上极为常见的那种逃离外部世界的态度，虽然当时我并没意识到。

我始终记得阿莱克桑德雷接待我时的坦诚与友好。当时我并不知道他正在养病，保持着极为规律的

[1] 成文于 1950 年，彼时流亡中的塞尔努达客居美国，已同阿莱克桑德雷阔别 12 年。

[2] 诗出洛佩·德·维加的《牧歌·三》。

生活起居，作息时间精确不变，我没有提前知会的贸然造访打断了他的休息。他却中断自己的休息来接待我，已是堪称君子的表现了。

他家在都会公园的绿荫深处，简朴幽静。我站在客厅里，听人通报我的名字，这时出现了一个高个子的年轻人，身材魁梧，面色红润，说话的语调和蓝眼睛里的目光里都带着微笑，那是主人友好善意的明证。①

只是当时我关注的不是他的友善，而是周遭的平静与安全感，并从中推测（后来我承认自己错了）这个家的主人一定是同样的平和安稳。而我自己当时的处境不安又不耐，同我以为在阿莱克桑德雷身上看到的截然相反。

多年来——今日也依旧如此——我始终活得仿佛随时要有什么决定性的事情发生改变我人生的轨迹。这种随时做好准备迎接意外的能力意味着我可以迅速地突然抛弃熟悉的生活环境。

那时候我十分西班牙地认为（后来我试着改正这

---

① 1958 年阿莱克桑德雷曾在他们相识 30 年时撰文《相遇》，文中从自己的视角回忆了初遇时的场景，他写道："我当时正在一个散放着几个书架的房间里整理藏书，忽然听到一个声音向我通报：路易斯·塞尔努达。我回过头，他就在那里：神情安静，臂缠黑纱，相貌清秀。"

一点）非同道者即背道。既然阿莱克桑德雷的生活态度看起来与我相反，加上自己很快就要第一次离开西班牙①，我在心中排除了再次会面的可能。命运却为我们预备好了后来另一种方式的重遇。

次年六月的一个清晨，在阿尔卡拉街草场咖啡馆②门口的人行道上，有人从一伙人中脱身、笑容满面地伸出手向我走来。直到他自报家门我才认出他。就这样，我第二次（这一回并非自愿）遇见维森特·阿莱克桑德雷。

同年秋，我们又见面了。在什么地方、怎么遇上的我说不出了，但我知道从那时起我们渐渐养成了经常见面的习惯，只是距离完整的友情还差点什么。我得说这与我最早对阿莱克桑德雷谨慎的信任和有所保留的同伴情谊无关；无疑是因为我身体里的那头动物尚未被驯化。

有一天下午，我们看完电影在回程的地铁上聊天。言谈之间，阿莱克桑德雷漫不经心的几句话令我极为感兴趣。我们当时究竟在聊什么现在已经不重要

---

① 塞尔努达去法国图卢兹任教一年。
② 草场咖啡馆（Granja del Henar）是 20 世纪初期马德里文人聚谈的场所，哲学家奥尔特加·伊·加塞特、"二七年代"一众诗人等都是常客。

了。青葱岁月需要友情，年岁渐长之后就不再渴求或期待这样的坚定与真诚了。那一刻，我感觉到自己在与阿莱克桑德雷的交往中出于本能依旧摆出的距离和戒备彻底消失了。

仿佛是命运的考验，就在这时，我该下车的站到了，我匆匆同阿莱克桑德雷告别，几乎打断了他的话。还没走出车站，我就意识到自己的行为多么愚蠢。这么唐突地告别是在着急什么呢？没人等我，也没什么事必须要做。只要我多一点信心就能认识和接受一份珍贵而真诚的友情，我一生中第一份真挚的友情，我却为了不说出口仓皇逃开。于是，我估计阿莱克桑德雷已经到家之后给他拨去电话。他人具体的存在对胆怯的人而言是怎样无法逾越的障碍啊！

从那天起，我们的友情自然而然地延续，有了足以抵挡（也确实抵挡住了）时间和距离的力量。阿莱克桑德雷把自己的生活安排得规律有序，我们由此常常见面，在酒吧，在电影院，更多时候是在他家；有时只有我们两人，有时还有费德里科·加西亚·洛尔迦和马努埃尔·阿尔托拉吉雷。

维森特·阿莱克桑德雷家的书房和客厅是我们谈话的舞台，到场的除了刚才提到的几位，还有我们带来介绍给大家的朋友来来往往。所有人都会立刻得到阿莱克桑德雷的欢迎，我很少见到像他这样彬彬有礼的人。

寒暄几句之后，阿莱克桑德雷会懂得走到一边，做出漫不经心的样子，给其他人自由的空间，他有时不说话，有时会参与到谈话中，但总是留心与气氛相合。很多时候费德里科·加西亚·洛尔迦都是带来乐音的那个人，有时候是他自己的歌声，有时候是钢琴声，我们就这样听着听着，度过一个又一个下午。

我们很少留意到面朝花园的窗口夜晚何时降临，总是比当季该日落的时候显得提早了一点。不过，剔透清细的钟声会响起来提醒时间。琴声人声骤停。每次告别于我都是一次撕扯，要从这样亲近的气氛走到外面截然不同的世界。所有那一切，人和事，数年之后都悲剧地消散不见了。

命运给我们的东西只给一次。试图再次拥有它是耗尽我们一生的徒劳，让人体会到生命与青春的限度。年少时任何事都可能发生，或者，觉得任何事都可能发生。

"你还记得我家那架钢琴吗？我们以前那么多次听费德里科弹着它唱歌的那架？唉，它已经不在了。不过公园还是老样子，远处蓝色的群山也是老样子。

只有我们变了，即使我们心底直到死去那天依然是当年的自己。"①

懂得倾听是一种令人仰慕的品格。致力于独白的一代文人过后（通常以深度文章的形式，让人不禁怀疑这些个体会不会听取任何与自己不同的声音），出现了不仅也许话说得更好而且还倾听别人的一代。

这些人当中，维森特·阿莱克桑德雷是最善于启发和聆听他人倾诉的。他本来可以当个灵魂顾问，对我们中的一些人而言，他确实扮演了这个角色。要是倾诉本身没能缓释痛苦，他还出面厘清过好些桩朋友之间灵魂或身体上的缠斗。本文作者就可以为此作证。

他的角色是在对方倾诉的间歇说几个简短的词语，总是相同的几个，像亲切的轻叩鼓动着羞赧或腼腆的人："说来听听，说来听听……""啊，所以说……""于是你……"在那之后，倾诉的人是多么舒心和感激。

至于我自己，可以说，那些年里，没有什么喜悦或痛苦是我不想原原本本讲给阿莱克桑德雷听的。如

① 摘自 1947 年 5 月 1 日阿莱克桑德雷写给塞尔努达的信。

果我们两人都在马德里，我就要去见他或者给他打电话；如果我们中有人在外地，我就会给他写信。如今回想起来，不知道该更仰慕他永不缺席的注意力还是永不失效的耐心。

可别忘了，这个花时间倾听朋友声音的人也同样值得被聆听；而且，正如今天所有人都知道的那样，他自己的声音在人之为人的存在深处回响，值得全神贯注地去听。《大地的激情》创作于1928年至1929年间；《如唇之剑》创作于1930年至1931年间；《毁灭或爱》创作于1932年至1933年间，恰恰都是我在前面写到的那些年头。

刚成为朋友的时候，我们两人就约定尽量避免向对方朗读自己未定稿的作品，甚至总体而言不要谈论文学相关的话题。我想说的是他做到了第一条；第二条是不可能做到的。而我这一边恐怕连第一条都没有阿莱克桑德雷完成得那么好，第二条就更不用说了。

可能有人觉得这种态度颇为荒谬，但是，要知道我和阿莱克桑德雷想结成的是人与人之间的友情而不是文学上的友情；对我们而言更重要的是人生而不是文学。在各自语调勉强、姿态跚蹒的第一本书之后（几乎没有人意识到它们的意义和影响），我们开始寻求更大的表达自由。

我们知道可以借由当时刚刚起航的超现实主义找到这样的自由；那时候我不知道自己有没有提过弗洛伊德的名字，至于阿莱克桑德雷，我是记得他的藏书里有弗洛伊德的著作。

不过对我们而言超现实主义也许只是充当跳板之于运动员的功用，都知道，重要的是运动员不是跳板。当然，可能阿莱克桑德雷自己如今会有不同的想法。无论如何，从那时起，不管是怎样的开始，阿莱克桑德雷的诗歌都通过持续不断的发展与丰富，以最大程度的表达自由令人仰慕地向我们揭示出种种痛苦而黑暗的力量。

不过，这样的揭示虽然在阿莱克桑德雷相对早期的作品中就已经出现，却没有在他自己的同时代人里找到准备好接受它的头脑。为什么？毕竟一位作家的作品超越时代的意义越巨大，它被认可和接受的难度就越大。还是不要谈论批评家了吧，毕竟文学史早已向我们反复证明了那些博学的专职批评家惯常的无知。

直到后来的几代新人——而非与诗人同时代的批评家——真正感知到他的诗歌价值，一旦有了年轻人的仰慕开路，那些刻薄的批评家又开始回头理解或假装理解到这一点——后者要容易太多了。

二十三岁左右本是年轻人完成身体与精神都从家庭解放出来的时期，在阿莱克桑德雷的人生中却发生了让这一过程瘫痪的事。一场大病迫使他无法加入由自己组建的新的家庭，反而不得不重新回到他刚刚开始脱离的原生家庭。

人到青年时代，家人的照顾不再像童年时那样必需，也就不再像对儿童那样油然而生得无可厚非。亲昵令人感到怪异，虽然某种程度上说这并没有限制它所指向的对象的自由，却让一些人觉得每个表达亲热的词语、每次爱抚都是另一个人（可能无意识间）在对自己的捆绑上又打了一个绳结。早晚有一天，这样的爱——无论什么性质——会成为监牢，他们无法活在这样的监牢里，同时也许又无法远离它。

不过，人之为人被剥夺的东西对于诗人却可能成为收获。可以说，作为诗人的维森特·阿莱克桑德雷恰恰诞生于作为人的阿莱克桑德雷目睹自己的存在与自由被迫妥协的那个时刻。

并不只有突然的静止、外部世界退潮后的寂静会指引一个人把注意力转回自己的内心；还有当他作为社会活跃成员的存在日渐消弭的时候，一种发自内

心的紧迫感敦促他找寻自己、确认自己作为个体的
存在。

群体的行动和孤立个体的行动都会对社会产生影
响。只是前者的效果即时可感，而后者的效果长期且
隐形，因此鲜有人做，这却正是诗人所为。诗人也明
白这一点，有时候甚至会放弃他真正的行动，去尝试
其他所谓更加直接的行动，然而在他身上这样的行动
是荒谬的，通常到了最后诗人还是那个诗人。另一些
时候，在注定无可避免的静止中，他会一点点感受到
无用的耗损，或者，自己作为人类的种种可能中有一
部分因其不活跃而僵化。

我觉得在维森特·阿莱克桑德雷的诗歌内部能找
到这种或许无解的冲突。不是说他身体里有一个行动
挫顿的男人，我是想说，他身体里的那个诗人比照着
自己在内心深处隐约看见的种种渴望，感受到自己的
存在是怎样无法完满和谐地自我实现。

如果以上所有都是切实的，而且用来描述作为诗
人的维森特·阿莱克桑德雷更是公正恰当的，就能解
释为何主导他诗句的语调通常唐突而热烈。可以说这
样亲密的热烈是他周遭的外部平静带来的后果；那是
我第一次去拜访他时既已观察到的平静，如前所言，

当时我错误地以为那种平静与他自身的性格相符，其实却是与之相悖的，需要由诗歌来开解。

毕竟，在有序外在的伪装之下是一种内在的混乱，他骑着暴烈的鹰头马身兽在至高统领的精神空间里狂奔。如此，他用语调中澎湃的暴烈适应那些不停敦促着他、想要经由他得到表达的力量；世上最原始的力量：欲望，恐惧，惊愕，死亡；时而孤立，时而连结，它们组成一个双面怪物：渴望不朽，又渴望消失。

费德里科·加西亚·洛尔迦的诗句里也有同样的力量；只是在他那里这些力量还有根可扎，到了阿莱克桑德雷这里已经完全脱节。换个说法：如果说洛尔迦的诗学视角还有一个传统作为前提，阿莱克桑德雷的诗学视角则没有这个前提，他无法安于任何自己之外的东西，却还有一样东西在这个混沌的世界里引导他前行，一种宗教性的规常：罪的意识。

我这么说不是想把阿莱克桑德雷的诗歌归为宗教诗，而是说他的诗歌受到了宗教元素的影响，毕竟广义而言他对罪的意识源自宗教。而且，这种意识也没有浸透他全部的诗作，在我们从中读到的世界里，黄金时代的足迹依旧清晰可见：那里的生活还不像人类后来逐渐理顺（或者说，使之更混乱）的那样。不过，在那个原初世界的废墟里，对自身负罪感的模糊意识纠缠着诗人，折磨着他。他没法要世界是我们其他人承认它所是的样子，执拗地梦想它是另一番伊甸园式的模样，在纯粹初始世界的碎片之间漂泊。

或许最好补充一句，尤其激发这种罪的意识的是罪本身的一种确切形式：人与人之间肉欲的感官吸引力。这种吸引力在"九八年代"作家当中——除了极少数例外——是缺失的，他们甚至有几位看起来只用上半身活着。而在阿莱克桑德雷的作品中，正如与他同代的其他几位诗人，可以尖锐地体会到这种吸引力。

当他如路易斯·德·格拉纳达修士一样禁欲坚贞的羽毛笔下时不时流淌出让一个人类身体散发的强大魅惑触手可及的词语，也没什么奇怪的："如果某个造物的美丽（不过是一个小小的身体，洁白的或者从外面涂成彩色）足以让一个人大脑颠倒，让他堕进床上，有时让他失去生命……"

阿莱克桑德雷的作品里，对事物基本的冲动和对同样这些事物抽象的感知之间形成了有趣的对比。在他的诗歌中，几乎所有事物——树木花卉，动物人类——都让人觉得剥去了具体的外表，诗人关心的是它们的概念和象征，再由他用激情赋予象征以生命。《如唇之剑》中有几首诗不时用讽刺打断充满激情的陡峭语调，后来这种讽刺连同语调的陡峭乃至诗句的陡峭一起消失了，诗句与声音的回响更为明快自然。

阿莱克桑德雷的语言不仅有独特的活力，还有一种即兴的力量，读他的时候很难想象他用来对我们说话的语言与经过无数个世纪的过滤、被那么多先代诗人使用过的语言是同一种。洛尔迦有意无意的精妙古风没有在这里出现，也没有我们这一代诗人当中并不少见的古典诗句的印迹。他的语言像是全凭直觉、近乎摸索着出现的，不单是延续更是创造出一种传统。

有一个悖论（希望读者如它所是地接受它）能以归谬法阐明我想说的：有时候我觉得阿莱克桑德雷与其说是我们的同时代人，不如说是和距我们遥远却更接近西班牙语文学源头的那些诗人同属一代。我要重申我这里指的仅仅是阿莱克桑德雷的语言。

至于其他，我已经提到了他从语言中获得的那种原始气息在诸如《毁灭或爱》尤其是《天堂的影子》这样的后期作品中逐渐转变，失乐园式的造物——既是诗人的镜像又是他诗句的首要主题——面对世界神志迷乱，全新的苦痛与旧时的天真一道混进他的声音里。

不过，写这篇文章的我并不打算涉及阿莱克桑德雷在我们友情最初的那些年之后的创作时期的作品。

有时候，我们会想象人生在世有些事件的发生绝非偶然而是命中注定，因为正是有了这些事件才让人感觉到自己的命运正在实现：除了这个私密又独特、被我们用"我"指代的人之外，没有任何其他存在能全然忠实地经历这些事件。

与此同时，我们又不得不经历另外一些不让人觉得这么属于自己的事件：别的个体也能在其中扮演我们的角色，和我们做得一样，甚至比我们更好。

这两种事件出现的频率是不成比例的；完全不成比例，人活一世，四五十年的时间里前一种事件仅有寥寥几年，甚至只有几个月，却或许足以补偿人生余下岁月的单调，让我们觉得满足，或近乎满足，觉得这一世活得值得。

说起这种完全与自身命运亲密地共鸣而生的事件，我想到的是我同维森特·阿莱克桑德雷的友情。我并没有被某种一时一刻的理想化带跑（我早已习惯远离这种常见的西班牙式思维）。正相反，绵长的沉思之后，多年的相处与陪伴和更多年的回忆与想念之后，我写下此文。

（汪天艾　译）